O PLANETA DOS MACACOS

O PLANETA DOS MACACOS

TÍTULO ORIGINAL:
La planète des singes

COPIDESQUE:
Isabela Talarico

REVISÃO:
Sandra Pereira
Ana Luiza Candido

PROJETO GRÁFICO:
Pedro Inoue
Giovanna Cianelli

CAPA:
Giovanna Cianelli

MONTAGEM DE CAPA:
Pedro Fracchetta

DIAGRAMAÇÃO:
Desenho Editorial

DIREÇÃO EXECUTIVA:
Betty Fromer

DIREÇÃO EDITORIAL:
Adriano Fromer Piazzi

DIREÇÃO DE CONTEÚDO:
Luciana Fracchetta

EDITORIAL:
Daniel Lameira
Andréa Bergamaschi
Renato Ritto
Débora Dutra Vieira
Luiza Araujo

COMUNICAÇÃO:
Nathália Bergocce

COMERCIAL:
Giovani das Graças
Lidiana Pessoa
Roberta Saraiva
Gustavo Mendonça
Pâmela Ferreira

FINANCEIRO:
Roberta Martins
Sandro Hannes

EDITORA ALEPH

Rua Tabapuã, 81 - cj. 134
04533-010 – São Paulo – SP – Brasil
Tel.: [55 11] 3743-3202
www.editoraaleph.com.br

DADOS INTERNACIONAIS DE CATALOGAÇÃO NA PUBLICAÇÃO (CIP)

B764p Boulle, Pierre
O planeta dos macacos / Pierre Boulle ; traduzido por André Telles. - 3. ed. - São Paulo, SP : Editora Aleph, 2020.
216 p. ; 14cm 21cm.
Tradução de: La planète des singes

ISBN: 978-65-86064-05-6

1. Literatura francesa. 2. Ficção científica. I. Telles, André. II. Título.
2020-1107 CDD 843.0876
CDU 821.133.1

ELABORADO POR VAGNER RODOLFO DA SILVA - CRB-8/9410
ÍNDICES PARA CATÁLOGO SISTEMÁTICO:
1. Literatura francesa : ficção científica 843.0876
2. Literatura francesa : ficção científica 821.133.1

INSTITUT FRANÇAIS

CET OUVRAGE A BÉNÉFICIÉ DU SOUTIEN DES PROGRAMMES D'AIDE À LA PUBLICATION DE L'INSTITUT FRANÇAIS.

Pierre Boulle

O PLANETA DOS MACACOS

Tradução de

André Telles

ALEPH

Nota à edição brasileira

"Eu, e acredito que isso valha para a maioria das pessoas, sempre fui fascinado por ficção científica."

Com essa frase, dita em 1972, o ator hollywoodiano Charlton Heston – talvez o maior de sua geração – declarou seu amor pela ficção científica, hoje mais forte que nunca. Segundo ele, porém, o gênero nunca foi bem compreendido pelos cineastas de seu tempo e não rendia, em geral, grandes papéis aos atores (limitados aos "monstros", meros veículos para a maquiagem; aos "apontadores", que não faziam nada além de indicar as maravilhas de um mundo novo, gritando: "Vejam isso!", "Olhem só!"; e aos "fugitivos", que passavam o filme inteiro correndo de criaturas horríveis, vindas de pântanos escuros).

Eis que, para Heston, surge uma exceção: a adaptação de *O planeta dos macacos*, um lampejo de criatividade em meio à ficção científica da época. O filme, do qual Heston foi protagonista, foi lançado em 1968 e teve um êxito estrondoso, entrando para o rol dos maiores sucessos cinematográficos de todos os tempos.

A ideia era de fato incrível: um cosmonauta humano, perdido em um planeta de natureza exuberante e ar perfeitamente respirável, entrando em conflito com uma sociedade dominada por macacos. Nesse mundo, seres humanos eram nada mais que bestas sem inteligência, forçadas a se submeterem à espécie dominante. A trama, intensamente peculiar, abria caminho para a discussão de uma série de questões bastante complexas, mexendo com o consciente de um público mais acostumado a histórias de amor e crime. O que nos torna humanos, e qual o limite da consciência? Até que ponto estamos dispostos a chegar para defendermos os interesses de nossa sociedade (e os nossos)?

O que alguns talvez não saibam é que a ideia de *O planeta dos macacos* é anterior ao clássico de 1968. Já estava lá, em 1963, no romance de Pierre Boulle, que inspirou o filme.

Boulle nasceu em 1912, na França. Além de *O planeta dos macacos*, é conhecido por outro título também adaptado ao cinema, *A ponte do rio Kwai*. Formou-se engenheiro, trabalhou como técnico na Ásia durante boa parte da década de 1930 e alistou-se no exército francês durante a Segunda Guerra Mundial, servindo como agente secreto.

Quando publicou *O planeta dos macacos*, Pierre Boulle já gozava de certa notoriedade no meio literário francês, tanto pelo gênero de ficção científica quanto pelo de livros de guerra. O livro já havia sido alçado à categoria de “clássico” mesmo antes da adaptação cinematográfica, e muito disso se deve ao final surpreendente do romance (bastante diferente do final do filme, diga-se de passagem, ainda que este seja considerado um dos mais impactantes finais da história do cinema), mas também ao tom da narrativa, uma alegoria repleta de críticas, sarcasmo e ironia.

Nesta edição, a Aleph acrescenta alguns extras, a fim de colocar tanto a obra quanto seu autor em foco, contextualizando-os e aproximando o leitor de algumas das discussões pelas quais o livro passou ao longo de seus mais de cinquenta anos, desde a primeira publicação:

- Uma entrevista com o autor, dada a uma edição especial da revista *Cinefantastique*, em 1972, dedicada à série de filmes *O planeta dos macacos*, em que Pierre Boulle conta um pouco a respeito de suas expectativas à época da produção do filme e de suas opiniões polêmicas sobre as diferenças entre este e o livro.
- Um ensaio jornalístico publicado pela BBC, em agosto de 2014, contando um pouco do passado de Boulle como espião do exército francês na Segunda Guerra e atualizando a recepção do autor e de suas obras em seu país de origem e no restante do mundo.
- Um texto escrito pelo autor, compositor, estudioso de cinema e pesquisador de literatura fantástica Braulio Tavares. Nele, Braulio tece alguns comentários sobre a história da ficção científica francesa, além de explorar peculiaridades e questões fundamentais da trama do romance em si.

Em tempos de tecnologias tão intrinsicamente arraigadas ao cotidiano do homem, a ficção científica é o gênero do momento. Obras do passado merecem ser resgatadas e preservadas, como testemunho da genialidade de autores visionários como Pierre Boulle. As realidades propostas por esses autores, sejam elas de robôs, máquinas incríveis, macacos ou alienígenas, nos fazem perceber – e contestar – nossa própria humanidade, colocando-nos na perspectiva necessária para melhor compreendermos questões atemporais a respeito de nós mesmos.

PARTE UM

01

Jinn e Phyllis passavam férias maravilhosas no espaço, o mais distante possível dos astros habitados. Nessa época, as viagens interplanetárias eram comuns; os deslocamentos intersiderais, nem um pouco excepcionais. Foguetes transportavam turistas para regiões prodigiosas de Sírius, ou financistas para as famosas Bolsas de Arcturus e Aldebaran. Mas Jinn e Phyllis, um casal de ricos ociosos, sobressaíam no cosmo por sua originalidade e uns grãos de poesia. Singravam o universo por prazer – à vela.

Sua nave era uma espécie de bolha cujo invólucro – a vela –, milagrosamente fino e leve, deslocava-se no espaço, impulsionado pela pressão das radiações luminosas. Um dispositivo desse tipo, abandonado a si mesmo nas cercanias de uma estrela (suficientemente distante, porém, para que o campo gravitacional não seja muito intenso), irá avançar sempre em linha reta na direção oposta àquela; mas, como o sistema estelar de Jinn e Phyllis compreendia três sóis, relativamente pouco afastados uns dos outros, sua nave recebia radiações luminosas de três eixos distintos. Jinn então imaginara um procedimento extremamente engenhoso para se guiar. Sua vela era duplicada internamente por uma série de divisórias pretas, que ele podia enrolar ou desenrolar à vontade, o que mudava a resultante das pressões luminosas, modificando a intensidade refletora de determinadas seções. Além disso, esse invólucro elástico podia dilatar-se ou se contrair ao bel-prazer do navegador. Por exemplo, quando Jinn desejava acelerar a velocidade, conferia-lhe o maior diâmetro possível. Captava então o vento das radiações sobre uma ampla superfície, e o módulo precipitava-se no espaço a uma velocidade louca. Isso dava vertigem em sua namorada, Phyllis; vertigem que por sua vez o invadia e os fazia abraçarem-se apaixonadamente, o olhar perdido, distante, dirigido aos abismos misteriosos para os quais seu impulso os arrastava. Quando, ao contrário, desejavam diminuir a velocidade, Jinn apertava um botão. A vela encolhia-se até tornar-se uma esfera de tamanho justo o suficiente para contê-los, apertados um contra o outro. A ação da luz passava a ser desprezível, e aquela bolha minúscula, reduzida tão somente à sua inércia, parecia imóvel, como suspensa no vazio por um fio invisível. Os dois jovens passavam horas preguiçosas e inebriantes nesse universo reduzido, construído sob medida para eles, que Jinn comparava a um veleiro avariado e Phyllis, à bolha de ar da aranha submarina.

Jinn conhecia muitos outros truques, considerados o sumo da arte pelos velejadores cosmonautas; por exemplo, o de utilizar, para mudar o rumo, a sombra dos planetas e a de determinados satélites. Ensinava ciências a Phyllis, que já se mostrava tão habilidosa quanto ele e, não raro, mais audaciosa. Quando ela estava no leme, acontecia-lhe disparar numa linha reta que os arrastava para os confins de seu sistema solar, ignorando uma eventual tempestade magnética que começasse a distorcer as ondas luminosas e a chacoalhar seu esquife como uma casca de noz. Em duas ou três oportunidades, Jinn, acordando assustado com a tempestade, teve que se zangar para arrancá-la do leme e acionar urgentemente, a fim de voltar ao porto o mais rápido possível, o foguete auxiliar, que haviam estabelecido como questão de honra utilizar apenas em circunstâncias perigosas.

Naquele dia, Jinn e Phyllis estavam deitados um ao lado do outro, no centro de sua bolha, sem outra preocupação senão aproveitar as férias bronzeando-se com os raios de seus três sóis. Jinn, de olhos fechados, só pensava em seu amor por Phyllis. Deitada de lado, Phyllis contemplava a imensidão do mundo e deixava-se hipnotizar, como volta e meia lhe acontecia, pela sensação cósmica do nada.

Ela saiu bruscamente de seu sonho, franziu o cenho e levantou-se. Um raio insólito atravessara aquele nada. Esperou alguns segundos e avistou outro raio, como um facho refletindo-se sobre um objeto brilhante. O sentido do cosmos, que apreendera ao longo de seus cruzeiros, não poderia decepcioná-la. Aliás, Jinn, alertado, teve a mesma opinião, e era inconcebível ele cometer um engano daqueles: um corpo cintilante sob a luz flutuava no espaço, a uma distância que ainda não podiam precisar. Jinn pegou o binóculo e apontou-o para o misterioso objeto, enquanto Phyllis apoiava-se em seu ombro.

– É um objeto de pequeno porte – ele disse. – Parece vidro... Deixe-me ver agora. Aproxima-se. Está mais rápido que nós. É uma espécie de...

Sua fisionomia ficou séria. Deixou cair o binóculo, que ela apanhou imediatamente.

– É uma garrafa, querida.

– Uma garrafa! – Ela também olhou. – Sim, uma garrafa. Vejo-a nitidamente. É de vidro transparente. Está vedada; vejo o lacre. Há um objeto branco no interior... papel, um manuscrito, com certeza. Jinn, precisamos pegá-la!

Jinn teve a mesma opinião, e já começara a efetuar manobras sutis para se pôr na trajetória do corpo insólito. Conseguiu rapidamente e reduziu a velocidade da esfera para se deixar alcançar. Enquanto isso, Phyllis vestia seu traje pressurizado, deixando a vela pelo duplo alçapão. Ali, segurando uma corda com uma das mãos, a outra agitando um puçá com um cabo comprido, preparou-se para pescar a garrafa.

Não era a primeira vez que cruzavam com corpos estranhos, e o puçá já mostrara sua utilidade. Navegando em baixa velocidade, às vezes completamente imóveis, haviam tido surpresas e realizado descobertas proibidas aos viajantes de foguetes. Em sua rede, Phyllis já recolhera resíduos de planetas pulverizados, fragmentos de meteoritos originários dos confins do universo e refugos de satélites lançados no início da conquista espacial. Tinha muito orgulho de sua coleção; mas era a primeira vez que encontravam uma garrafa, e uma garrafa que continha um manuscrito – quanto a isso, não restava mais dúvida. Seu corpo inteiro fremia de impaciência, ao passo que gesticulava como uma aranha na ponta de um fio, gritando ao microfone para seu companheiro:

– Mais devagar, Jinn... Não, um pouco mais rápido; ela vai nos ultrapassar; a bombordo... a estibordo... deixe solto... Peguei-a!

Deu um grito de triunfo e voltou para bordo com sua presa. Era um garrafão cujo gargalo fora cuidadosamente vedado. Via-se um rolo de papel no interior.

– Jinn, quebre-a, rápido! – exclamou Phyllis, batendo os pés.

Mais calmo, Jinn arrancava metodicamente os pedaços de cera. Porém, quando a garrafa foi aberta, percebeu que o papel, entalado, não saía. Resignou-se a ceder às súplicas da namorada e quebrou o vidro com uma martelada. O papel desenrolou-se por si só. Compunha-se de uma profusão de folhas bem finas, cobertas com uma caligrafia miúda.

O manuscrito estava redigido na linguagem da Terra, que Jinn conhecia perfeitamente, tendo feito parte de seus estudos naquele planeta.

Apesar de tudo, um mal-estar impedia-o de começar a ler o documento caído em suas mãos de forma tão estranha, mas o alvoroço de Phyllis o fez decidir-se. Ela não compreendia muito bem a linguagem da Terra e precisava de sua ajuda.

– Jinn, eu suplico!

Jinn reduziu o volume da esfera de maneira que ela flutuasse languidamente no espaço, certificou-se de que nenhum obstáculo despontava à sua frente, deitou-se ao lado da namorada e começou a ler o manuscrito.

02

Confio este manuscrito ao espaço não com a finalidade de conseguir socorro, mas para ajudar, talvez, a banir o pavoroso flagelo que ameaça a raça humana. Deus, tende piedade de nós...!

– A raça humana? – enfatizou Phyllis, perplexa.

– É o que está escrito – confirmou Jinn. – Não me interrompa já no início. – E voltou à sua leitura.

Quanto a mim, Ulysse Mérou, parti novamente com a minha família na nave cósmica. Podemos subsistir anos a fio. A bordo, cultivamos legumes, frutas e criamos aves de terreiro. Não nos falta nada. Talvez um dia encontremos um planeta hospitaleiro. É um anseio que mal ouso formular. Mas eis, fielmente registrado, o relato da minha aventura.

Foi no ano 2500 que embarquei com dois companheiros na nave cósmica, com a intenção de alcançar a região do espaço onde reina soberana a estrela supergigante Betelgeuse.

Era um plano ambicioso, o mais vasto jamais arquitetado na Terra. Betelgeuse, alfa de Órion, como a denominavam os astrônomos, acha-se a cerca de trezentos anos-luz do nosso planeta. É notável sob diversos aspectos. Em primeiro lugar, pelo tamanho: seu diâmetro mede entre trezentas e quatrocentas vezes o do nosso sol, ou seja, se o seu centro fosse posicionado de forma a coincidir com o desse astro, o monstro se estenderia até a órbita de Marte. Pelo brilho: era uma estrela de primeira grandeza, a mais brilhante da constelação de Órion, visível da Terra a olho nu, a despeito de sua distância. Pela natureza de sua radiação: emite raios vermelhos e alaranjados deslumbrantes. Por fim, é um astro de brilho variável: sua luminosidade varia com o tempo, e essa variação é provocada por alterações de seu diâmetro. Betelgeuse é uma estrela intrigante.

Por que, depois da exploração do sistema solar, cujos planetas são todos inabitados, por que astro tão distante foi escolhido como alvo do primeiro voo intersideral? Foi o erudito professor Antelle que impôs essa decisão. Principal organizador da iniciativa, na qual investiu a totalidade de uma imensa fortuna, chefe da nossa expedição, ele mesmo concebera a nave cósmica e supervisionara sua construção. Explicou-me a razão dessa escolha durante a viagem.

– Meu caro Ulysse – dizia ele –, é tão difícil alcançar Betelgeuse quanto uma estrela mais próxima, Próxima do Centauro, por exemplo. É apenas um pouco mais demorado...

Nesse ponto, achei melhor protestar e exibir conhecimentos astronômicos recentemente adquiridos.

– Apenas um pouco mais demorado! Ora, a estrela Próxima do Centauro fica apenas a quatro anos-luz, ao passo que Betelgeuse...

– Fica a trezentos, eu sei. Ainda assim, não levaremos mais de dois anos para chegar, ao passo que precisaríamos de um lapso de tempo ligeiramente inferior para chegar à zona da Próxima do Centauro. Você acha o contrário porque está habituado a esses saltos de pulga que são as viagens em nossos planetas, para as quais uma forte aceleração é admissível no começo, uma vez que dura apenas poucos minutos, a velocidade de cruzeiro a alcançar sendo ridiculamente pequena e incomparável com a nossa... Já é hora de eu lhe dar algumas explicações sobre o funcionamento desta nossa nave. Graças a seus foguetes aperfeiçoados, dos quais tive a honra de ser o idealizador, esta nave pode se deslocar à maior velocidade imaginável no universo para um corpo material, isto é, a velocidade da luz menos *épsilon*.

– Menos *épsilon*?

– Significa que pode se aproximar de uma quantidade infinitesimal, da ordem do bilionésimo, caso prefira.

– Ótimo – eu disse. – Compreendo.

– O que também não deve ignorar é que, quando nos deslocamos a essa velocidade, nosso tempo afasta-se sensivelmente do tempo da Terra, tornando-se cada vez mais rápido à medida que avançamos. Neste exato momento, desde o início desta conversa, vivemos poucos minutos, que correspondem a uma duração de vários meses em nosso planeta. No limite, o tempo quase não passará mais para nós, sem, aliás, que percebamos qualquer mudança. Alguns segundos para mim e você, umas batidinhas do nosso coração, coincidirão com uma duração terrestre de vários anos.

– Também compreendo. Essa é justamente a razão pela qual podemos pretender alcançar nossa meta antes de morrermos. Mas então por que uma viagem de dois anos? Por que não apenas alguns dias ou horas?

– É aonde quero chegar. Simplesmente porque, para atingir essa velocidade em que o tempo deixa de passar, com uma aceleração aceitável para o nosso organismo, precisaremos de aproximadamente um ano. Outro ano nos será necessário para frear nossa arremetida. Percebe então nosso plano de voo? Doze meses de aceleração; doze meses de frenagem; entre os dois, apenas algumas horas, durante as quais realizaremos a maior parte do trajeto. E compreende simultaneamente por que não leva mais tempo para chegar a Betelgeuse do que a Próxima de Centauro? Nesse último caso, teríamos vivido o mesmo ano, indispensável, de aceleração, o mesmo ano de frenagem, e talvez alguns minutos em vez de algumas horas entre os dois. A diferença é insignificante em relação ao todo. Como estou envelhecendo e provavelmente não terei mais forças para efetuar outra travessia, preferi visar imediatamente um ponto remoto, com a esperança de lá encontrar um mundo bem diferente do nosso.

Esse gênero de conversa, ao mesmo tempo que ocupava nosso tempo livre a bordo, fazia-me apreciar melhor a prodigiosa ciência do professor Antelle. Não havia área de conhecimento que ele não houvesse explorado, e eu me alegrava por ter um chefe como ele em projeto tão audaz. Como ele previra, a viagem durou cerca de dois anos do nosso tempo, enquanto na Terra passaram-se em torno de três séculos e meio. Era este o único inconveniente de ter visado tão longe: se retornássemos um dia, encontraríamos nosso planeta envelhecido uns setecentos ou oitocentos anos. Mas não estávamos nem um pouco preocupados com isso. Eu até desconfiava de que a perspectiva de escapar aos homens de sua geração era um atrativo extra para o professor. Ele volta e meia admitia que aqueles o aborreciam...

– Os homens, sempre os homens – observou Phyllis mais uma vez.

– Os homens – confirmou Jinn. – É o que está escrito.

Não tivemos um incidente grave de percurso. Havíamos partido da Lua. A Terra e os planetas desapareceram rapidamente. Havíamos acompanhado o sol minguar até tornar-se parecido com uma laranja no céu, uma ameixa, depois um ponto brilhante sem dimensões, uma simples estrela que apenas a ciência do professor era capaz de detectar entre os bilhões de estrelas da galáxia.

Vivemos, por conseguinte, sem sol, mas não sofremos com isso, pois a nave era equipada com fontes luminosas equivalentes. Tampouco conhecemos o tédio. A conversa do professor era apaixonante;

aprendi mais naqueles dois anos do que em toda a minha existência pregressa. Também aprendi tudo o que era útil conhecer no que se refere à pilotagem da nave. Era bem fácil: bastava dar instruções aos aparelhos eletrônicos, que efetuavam todos os cálculos e comandavam diretamente as manobras.

Nosso horto proporcionou-nos distrações agradáveis. Ocupava um espaço significativo a bordo. O professor Antelle, que se interessava, entre outras disciplinas, pela botânica e pela agricultura, quisera aproveitar a viagem para verificar algumas de suas teorias sobre o crescimento das plantas no espaço. Um compartimento cúbico de cerca de dez metros de lado era nossa gleba. Graças a diversos patamares, o volume era integralmente utilizado. A terra era regenerada por insumos químicos, e, apenas dois meses após nossa partida, tivemos a alegria de ver crescer todo tipo de legumes, que forneciam víveres abundantes e saudáveis. A beleza não fora esquecida: um setor era dedicado às flores, tratadas com amor pelo professor. Esse ser original também levara alguns pássaros, borboletas e até mesmo um macaco, um pequeno chimpanzé, que batizamos de Hector e que nos divertia com suas estripulias.

O certo é que o cientista Antelle, sem ser misantropo, não dava a mínima para os humanos. Muitas vezes declarava não esperar muita coisa deles, e isso explica...

– Misantropo? – *interrompeu novamente Phyllis, pasma. – Humanos?*

– Se me interromper a todo momento – observou Jinn – nunca chegaremos ao fim. Faça como eu; tente compreender.

Phyllis jurou se manter em silêncio até o fim da leitura, e cumpriu com a palavra.

... isso provavelmente explica por que ele reuniu dentro da nave – grande o suficiente para alojar diversas famílias – inúmeras espécies vegetais e algumas animais, limitando a três o número de passageiros: ele próprio; Arthur Levain, seu discípulo, um jovem físico de grande futuro, e eu, Ulysse Mérou, jornalista obscuro, que havia conhecido o professor pelo acaso de uma entrevista. Ele me convidou para a viagem ao perceber que eu não tinha família e que jogava xadrez razoavelmente. Era uma oportunidade excepcional para um jovem jornalista. Ainda que minha reportagem não fosse publicada nos oitocentos anos seguintes, talvez justamente por isso, ela teria um valor único. Aceitei com entusiasmo.

A viagem transcorreu, portanto, sem percalços. A única contrariedade foi uma força gravitacional maior durante o ano de aceleração e durante o ano de frenagem. Tivemos que nos acostumar a sentir nosso corpo pesar aproximadamente uma vez e meia seu peso na Terra, fenômeno um pouco cansativo no início, mas que suportamos bem. Entre esses dois períodos, houve ausência total de gravidade, com todas as bizarrices conhecidas desse fenômeno; mas isso durou apenas algumas horas e não nos incomodou.

E um dia, após essa longa travessia, sentimos a emoção de ver a estrela Betelgeuse brilhar no céu com um novo esplendor.

03

A exaltação propiciada por esse espetáculo é indescritível: uma estrela, ainda ontem um ponto brilhante em meio à miríade dos pontos anônimos do firmamento, destacou-se pouco a pouco do fundo negro, inscreveu-se no espaço com dimensão, aparecendo primeiro como uma noz resplandecente, depois se dilatou, ao mesmo tempo que a tonalidade acentuava-se para se estabilizar num matiz alaranjado, integrando--se finalmente no cosmo com o mesmo diâmetro aparente do nosso familiar astro do dia. Um novo sol nascera para nós, um sol avermelhado, como o nosso em seu poente, cuja atração e calor já sentíamos.

Nossa velocidade no momento era bem reduzida. Fomos nos aproximando cada vez mais de Betelgeuse, até que seu diâmetro aparente excedesse incrivelmente o de todos os corpos celestes contemplados até então, o que produziu uma impressão fabulosa em nós. Antelle deu algumas indicações aos robôs, e começamos a orbitar ao redor da supergigante. Então, o cientista dispôs seus instrumentos de astronomia e começou suas observações.

Não demorou a descobrir a existência de quatro planetas, dos quais determinou rapidamente as dimensões e as distâncias em relação ao astro central. Um deles, o segundo a partir de Betelgeuse, movia-se numa trajetória análoga à nossa. Tinha mais ou menos o volume da Terra; possuía uma atmosfera que continha oxigênio e nitrogênio; girava em torno de Betelgeuse a uma distância igual a cerca de trinta vezes a da Terra até o sol, recebendo uma radiação comparável à captada pelo nosso planeta, graças ao tamanho da supergigante e à sua temperatura relativamente baixa.

Decidimos designá-lo como nosso primeiro objetivo. Com novas instruções dadas aos robôs, nossa nave logo passou a orbitá-lo. Desativados os motores, observamos aquele novo mundo a nosso bel-prazer. O telescópio descortinou mares e continentes.

A nave não era muito adequada para um pouso, mas o caso estava previsto. Dispúnhamos de três módulos no foguete, bem menores, que chamávamos de escunas. Foi numa delas que embarcamos, carregando alguns aparelhos de mensuração e levando conosco Hector, o chimpanzé, que dispunha como nós de um traje pressurizado e se acostumara com ele. Quanto à nossa nave, permaneceu gravitando na órbita do planeta. Lá, estava mais segura que um navio ancorado num porto e sabíamos que não desviaria um milímetro de sua trajetória.

Atracar num planeta dessa natureza era manobra fácil para nossa escuna. Assim que penetramos nas camadas densas da atmosfera, o professor Antelle colheu amostras do ar exterior e as analisou. Encontrou a mesma composição da Terra, a uma altitude igual. Não tive tempo de refletir sobre aquela milagrosa coincidência, pois o solo aproximava-se rapidamente, faltavam meros cinquenta quilômetros. Com os robôs efetuando todas as operações, não me restava senão grudar meu rosto na escotilha e contemplar aquele mundo desconhecido subindo na minha direção, o coração disparado pela exaltação da descoberta.

O planeta assemelhava-se à Terra. Essa impressão acentuava-se a cada segundo. Eu agora distinguia a olho nu o contorno dos continentes. A atmosfera estava límpida, ligeiramente tingida por uma tonalidade verde-clara, tendendo às vezes para o alaranjado, um pouco como no nosso céu da Provença ao poente. O oceano era azul-claro, com gradações verdes. O desenho do litoral era bem diferente de tudo o que eu vira no nosso planeta, embora meu olho febril, sugestionado por tantas analogias, teimasse loucamente em encontrar similitudes também nesse caso. Mas a semelhança parava aí. Nada, na geografia, lembrava nosso antigo ou nosso novo continente.

Nada? Ora, calma lá! O essencial, ao contrário! O planeta era habitado. Sobrevoávamos uma cidade; uma cidade bem grande, de onde se irradiavam estradas ladeadas por árvores, pelas quais trafegavam veículos. Tive tempo de discernir a arquitetura geral: ruas largas, casas brancas, com longas arestas retilíneas.

Mas devíamos pousar bem longe dali. Primeiro fomos arrastados por cima de campos cultivados, depois sobre uma mata fechada, cor de ferrugem, que lembrava nossa floresta tropical. Estávamos agora a baixíssima altitude. Avistamos um imenso descampado no topo de um platô, enquanto o relevo dos arredores era bastante acidentado. Nosso chefe decidiu arriscar e transmitiu suas últimas ordens aos robôs. Um sistema de retrofoguetes entrou em ação. Planamos por alguns instantes acima da clareira, como uma gaivota emboscando um peixe.

Em seguida, dois anos após havermos deixado a nossa Terra, descemos bem lentamente e pousamos sem solavancos no centro do platô, sobre um capim verde que lembrava o das nossas pradarias normandas.

04

Após o contato com o solo, permanecemos imóveis e silenciosos durante um bom tempo. Talvez essa atitude surpreenda, mas sentíamos necessidade de nos recolher e concentrar nossa energia. Estávamos mergulhados numa aventura mil vezes mais extraordinária que a dos primeiros navegadores terrestres e preparávamos nosso espírito para enfrentar as singularidades que frequentaram a imaginação de diversas gerações de poetas acerca das expedições transiderais.

Por enquanto, no que se referia a maravilhas, havíamos pousado sem incidentes no capinzal de um planeta que continha, como o nosso, oceanos, montanhas, florestas, plantações, cidades e, certamente, habitantes. Devíamos estar, porém, bem longe das regiões civilizadas, considerando-se a extensão da selva sobrevoada antes de tocarmos o solo.

Finalmente, abandonamos nosso devaneio. Depois de vestirmos os trajes especiais, abrimos com precaução a escotilha da escuna. Nenhum deslocamento de ar. As pressões interna e externa equilibravam-se. A floresta cercava a clareira como as muralhas de uma fortaleza. Nenhum ruído, nenhum movimento a perturbava. A temperatura era elevada, mas suportável: cerca de vinte e cinco graus centígrados.

Saímos da escuna, acompanhados por Hector. A primeira providência do professor Antelle foi analisar a atmosfera de uma maneira precisa. O resultado foi encorajador: o ar tinha a mesma composição do da Terra, apesar de algumas diferenças na proporção dos gases raros. Deveria ser perfeitamente respirável. Ainda assim, por excesso de zelo, fizemos antes um teste com o nosso chimpanzé. Livre de sua indumentária, o macaco pareceu bem feliz e de forma alguma incomodado. Parecia embriagado por se ver novamente livre, no chão. Depois de algumas cambalhotas, começou a correr para a floresta, trepou numa árvore e continuou a saltar sobre os galhos. Logo se afastou e desapareceu, apesar dos nossos acenos e chamados.

Então, tirando por nossa vez os trajes pressurizados, pudemos falar livremente. Ficamos impressionados com o som da nossa voz, e foi com timidez que nos atrevemos a dar alguns passos, sem nos afastarmos da escuna.

Não restava dúvida de que nos encontrávamos num irmão gêmeo da nossa Terra. A vida existia. O reino vegetal era até mesmo exuberante. Algumas daquelas árvores deviam ultrapassar quarenta metros de altura. O reino animal não demorou a aparecer sob a forma de grandes pássaros pretos, planando no céu como urubus, e outros menores, muito parecidos com maritacas perseguindo-se e gritando. Pelo que víramos antes da aterrissagem, sabíamos também que existia uma civilização. Seres racionais – ainda não ousávamos dizer homens – haviam modelado a face do planeta. À nossa volta, entretanto, a floresta parecia desabitada. Isso nada tinha de surpreendente: se, por acaso, houvéssemos caído num canto qualquer da selva asiática, teríamos tido a mesma impressão de solidão.

Antes de qualquer iniciativa, pareceu-nos urgente dar um nome ao planeta. Foi batizado como Soror, em razão de sua semelhança com a nossa Terra.

Decidindo realizar imediatamente uma primeira varredura, nos embrenhamos na mata, seguindo uma espécie de trilha natural. Arthur Levain e eu mesmo estávamos armados com espingardas. Quanto ao professor, desdenhava as armas materiais. Sentíamo-nos leves e caminhávamos alegremente; não que a gravidade fosse mais fraca que na Terra – nisto também, a analogia era total –, mas o contraste com a forte gravidade da nave incitava-nos a pular como cabritos.

Avançávamos em fila indiana, chamando por Hector às vezes, sempre sem sucesso, quando o jovem Levain, que caminhava à frente, parou e nos fez sinal para escutar. Um borbulhar de correnteza podia ser ouvido a certa distância. Avançamos naquela direção, e o barulho ficou mais nítido.

Era uma cachoeira. Ao descobri-la ficamos deslumbrados com a beleza que Soror nos proporcionava. Um curso de água, cristalino como nossos ribeirões de montanha, serpenteava acima de nossas cabeças, esparramava-se como uma toalha sobre uma plataforma e caía a nossos pés de uma altura de vários metros numa espécie de lago, um açude natural margeado por pedras e areia, cuja superfície refletia o fogo de Betelgeuse, então em seu zênite.

A visão dessa água era tão tentadora que a mesma vontade nos invadiu, a Levain e a mim. O calor estava forte. Tiramos nossas roupas, ansiosos por um mergulho de cabeça no lago. Mas o professor Antelle nos fez compreender que deveríamos agir com um pouco mais de cautela, pois mal havíamos aportado no sistema de Betelgeuse. Talvez aquele líquido não fosse água, podendo muito bem ser nocivo. Aproximou-se da beirada, acocorou-se, depois encostou o dedo com precaução. Finalmente, colheu um pouco na concha da mão, sorveu e umedeceu a ponta da língua.

– Isto só pode ser água – murmurou.

Debruçava-se novamente para mergulhar a mão na água, quando o vimos imobilizar-se. Soltou uma exclamação e apontou o dedo para os vestígios que acabava de descobrir na areia. Senti, creio, a mais violenta emoção de minha vida. Ali, sob os raios escaldantes de Betelgeuse, que invadia o céu acima de nossas cabeças como um enorme balão vermelho, bem visível, admiravelmente desenhada sobre uma pequena faixa de areia úmida, surgia uma pegada humana.

05

– É um pé de mulher – afirmou Arthur Levain.

Essa observação peremptória, enunciada numa voz oprimida, não me surpreendeu de forma alguma. Traduzia minha própria sensação. A delicadeza, a elegância, a singular beleza da pegada haviam me agitado profundamente. Não restava dúvida de que o pé fosse humano. Talvez pertencesse a um adolescente ou a um homem de baixa estatura, mas era muito mais provável, e eu desejava isso do fundo da alma, que pertencesse a uma mulher.

– Quer dizer que Soror é habitada por humanos – murmurou o professor Antelle.

Havia um tom de decepção em sua voz, o que fez com que ele, nesse instante, me parecesse menos simpático. Sacudiu os ombros num gesto típico e começou a inspecionar conosco a areia em torno do lago. Descobrimos outras pegadas, manifestamente deixadas pela mesma criatura. Levain, que se afastara da água, apontou-nos uma na areia seca. A pegada ainda estava úmida.

– Ela estava aqui há menos de cinco minutos – exclamou o rapaz.

– Ela estava tomando banho, nos ouviu chegar e fugiu.

Tornara-se evidente para nós que se tratava de uma mulher. Ficamos em silêncio, espreitando a mata, sem ouvir nem mesmo o estalar de um galho.

– Temos bastante tempo – disse o professor Antelle, sacudindo novamente os ombros. – Mas, se um ser humano banhava-se aqui, podemos certamente fazer o mesmo sem correr riscos.

Sem maiores cerimônias, o austero cientista livrou-se de suas roupas e mergulhou seu corpo magro no açude. Após nossa longa viagem, o prazer daquele banho, numa água fria e deliciosa, quase nos fez esquecer nossa recente descoberta. Sozinho, Arthur Levain parecia sonhador e ausente. Eu ia zombar de seu ar melancólico, quando percebi a mulher, bem acima de nós, empoleirada na plataforma rochosa de onde despencava a cachoeira.

* * *

Nunca esquecerei a impressão que me causou sua aparição. Prendi a respiração diante da maravilhosa beleza daquela criatura de Soror, que se revelava a nós, borrifada pela espuma, iluminada pela radiação sanguínea de Betelgeuse. Era uma mulher; na verdade uma adolescente, a menos que fosse uma deusa. Afirmava sua feminilidade com audácia perante aquele monstruoso sol, completamente nua, sem outro ornamento além de uma cabeleira comprida que lhe caía nos ombros. Vá lá, estávamos sem parâmetro de comparação havia dois anos, mas nenhum de nós tinha propensão a se iludir com miragens. Era evidente que a mulher que se mantinha imóvel na plataforma, como uma estátua num pedestal, possuía o corpo mais perfeito concebível sobre a Terra. Levain e eu paramos de respirar, loucos de admiração, e chego a crer que o próprio professor não ficara insensível.

De pé, inclinada para a frente, o peito projetado sobre nós, os braços ligeiramente erguidos para trás na posição de uma mergulhadora ao tomar impulso, ela nos observava, e sua surpresa parecia equivaler-se à nossa. Após contemplá-la por um longo momento, eu estava tão abalado que não conseguia discernir detalhes: o conjunto de sua forma hipnotizava-me. Só depois de vários minutos percebi que ela pertencia à raça branca, que sua pele era cor de ouro, e não de bronze, que era alta, sem exageros, e magra. Em seguida, vislumbrei como num sonho um rosto de pureza singular. Por fim, olhei para os seus olhos.

Então, minhas faculdades de observação foram exigidas, minha atenção fez-se mais aguda, e estremeci, pois ali, em seu olhar, havia um elemento novo para mim. Nele, eu detectava o dado insólito, misterioso, que todos nós esperávamos num mundo tão distante do nosso. Mas eu não era capaz de analisar, nem de definir, o caráter dessa estranheza. Apenas percebia uma diferença essencial em relação aos indivíduos da nossa espécie. Seus olhos não tinham cor: eram de um cinzento bem pouco comum em nós, mas não excepcional. A anomalia estava em sua emanação: uma espécie de vazio, uma ausência de expressão, que me evocava um pobre demente que eu conhecera em outros tempos. Mas não; não era isso, não podia ser loucura!

Quando percebeu que também era objeto de curiosidade, mais precisamente quando meu olhar encontrou o seu, ela pareceu receber um choque e, com um gesto mecânico tão instantâneo quanto o de um animal amedrontado, voltou-se bruscamente. Não era por pudor de ser surpreendida daquela forma. Eu tinha convicção de que teria sido extravagante supô-la capaz desse sentimento. Simplesmente, seu olhar não simpatizava com o meu, ou não conseguia sustentá-lo. Com a cabeça de perfil, ela agora nos espiava de esguelha, com o canto do olho.

– Eu tinha dito, é uma mulher – murmurou o jovem Levain.

Falara com uma voz estrangulada pela emoção, quase sussurrante; mas a garota escutou-o e o som da voz produziu nela um efeito singular. Esboçou um súbito movimento de recuo, tão abrupto que voltei a compará-lo ao reflexo de um animal assustado, hesitando antes de fugir. Entretanto, estacou, após haver dado dois passos para trás, as pedras escondendo grande parte de seu corpo. Eu apenas distinguia o topo do seu rosto e um olho que ainda nos espiava.

Não ousávamos fazer um gesto, torturados pelo receio de vê-la escapar. Nossa atitude tranquilizou-a. Ao cabo de um momento, ela avançou novamente até a beirada da plataforma. Mas o jovem Levain estava exaltado demais para segurar a língua.

– Nunca vi... – começou. Parou, percebendo sua imprudência. Como se a voz humana a aterrorizasse, ela voltou a recuar como antes.

O professor Antelle fez um sinal para nos calarmos e começou a patinhar na água sem parecer dar-lhe a mínima. Adotamos a mesma tática, que obteve pleno sucesso. Não apenas ela se aproximou novamente, como logo manifestou um vivo interesse por nossos movimentos, interesse que se exprimia de maneira bastante insólita, fustigando ainda mais a nossa curiosidade. Vocês já viram na praia um cachorro medroso cujo dono está na água? O cachorro morre de vontade de se juntar ao dono, mas não se atreve. Dá três passos para lá, três para cá, afasta-se, volta, balança a cabeça, agita-se. Era esse exatamente o comportamento daquela garota.

De repente pudemos escutá-la; mas os sons que ela emitia intensificavam mais ainda a impressão de animalidade sugerida por sua atitude. Ela se achava então no extremo limite de seu poleiro, sugerindo que iria atirar-se no poço. Interrompera por um instante sua espécie de dança. Abriu a boca. Eu estava um pouco afastado e podia observá-la sem ser notado. Achava que ela iria falar, gritar. Eu esperava um chamado. Estava preparado para uma linguagem mais bárbara, mas não para aqueles sons estranhos que saíram de sua garganta; muito precisamente de sua garganta, pois nem a boca nem a língua tinham qualquer participação naquela espécie de miado ou grunhido agudo, que parecia mais uma vez traduzir o frenesi alegre de um animal. Em nossos jardins zoológicos, os chimpanzés às vezes brincam e se esbarram emitindo guinchos semelhantes.

Atônitos, obrigávamo-nos a continuar nadando sem nos preocupar com ela, que pareceu tomar uma decisão. Acocorou-se no rochedo, apoiou-se numa das mãos e começou a descer em nossa direção. Era de uma agilidade singular. Seu corpo dourado deslocava-se velozmente ao longo da parede, revelando-se como uma visão feérica, irradiando água e luz através da fina cortina transparente da cachoeira. Em poucos instantes, agarrando-se a saliências imperceptíveis, chegou ao nível do açude, pondo-se de joelhos sobre uma pedra achatada. Observou-nos durante mais alguns segundos, depois entrou na água e nadou em nossa direção.

Compreendemos que queria brincar, e, sem havermos combinado, prosseguimos com ardor nas manobras que lhe haviam inspirado confiança, corrigindo nossos gestos assim que ela parecia se alarmar. Daí resultou, no fim de certo tempo, um jogo cujas regras ela inconscientemente estabelecera – jogo estranho na verdade, apresentando certa analogia com as evoluções de focas numa piscina, que consistia em fugir e nos perseguir alternadamente, em se esquivar bruscamente assim que nos sentíamos perto de ser alcançados e em se aproximar até nos roçar sem jamais estabelecer contato. Era pueril; mas o que podíamos fazer para cativar a bela desconhecida! Notei que o professor Antelle participava daquele desatino com um prazer não dissimulado.

A brincadeira já durava muito tempo, e começávamos a perder o fôlego quando me chamou a atenção uma característica paradoxal daquela garota: sua seriedade. Ela estava ali, desfrutando de um prazer evidente com aquelas brincadeiras por ela mesma inspiradas, e nem por um instante um sorriso iluminara seu rosto. Aquilo começou a me causar um mal-estar confuso, cuja razão precisa me escapava e que fiquei aliviado ao descobrir: ela não ria nem sorria; apenas emitia de vez em quando um daqueles grunhidos guturais que deviam exprimir sua satisfação.

Quis arriscar um teste. Quando ela se aproximava de mim, fendendo a água com um nado peculiar que lembrava o dos cães, a cabeleira solta atrás de si como a cauda de um cometa, olhei-a nos olhos, e, antes que ela tivesse tempo de se esquivar, desferi-lhe um sorriso com toda a amabilidade e ternura de que eu era capaz.

O resultado foi surpreendente. Ela parou de nadar, equilibrou-se na água que lhe batia na cintura e estendeu as mãos crispadas para a frente, num gesto de defesa. Em seguida, virou as costas e fugiu para a margem. Ao sair do lago, hesitou e deu um relance para trás, observando-me obliquamente como sobre a plataforma, com o ar perplexo de um animal que acaba de contemplar um espetáculo alarmante. Talvez houvesse recuperado a confiança, pois eu congelara meu sorriso nos lábios e voltara a nadar com uma expressão inocente, mas um novo incidente veio reacender sua perturbação. Ouvimos um barulho na floresta, e, descendo de galho em galho, nosso amigo Hector surgiu à nossa frente, tocou o solo e avançou em nossa direção, dando cambalhotas, felicíssimo por nos haver reencontrado. Fiquei atônito ao ver a expressão bestial, misto de pavor e ameaça, que se inscreveu na fisionomia da garota ao dar com o macaco. Contorceu-se, incrustada nos rochedos até fundir-se com eles, retesou todos os músculos e arqueou a coluna, as mãos dispostas como garras. Tudo isso provocado por um amável e singelo chimpanzé que corria para nos fazer festa.

Foi quando ele passou rente a ela, sem notá-la, que ela se assustou. Seu corpo retesou-se como um arco. Agarrou-o pela garganta e fechou as mãos em volta do pescoço dele, enquanto imobilizava o infeliz na prensa de suas coxas. Sua agressão foi tão rápida que não tivemos tempo de intervir. O símio debatia-se com dificuldade. Enrijeceu-se ao cabo de alguns segundos, caindo morto quando ela o largou. Aquela radiosa criatura – num impulso romântico do meu coração eu a batizara de "Nova", não podendo comparar sua aparição senão à de um astro resplandecente –, Nova, havia literalmente estrangulado um animal domesticado e inofensivo.

Quando, recuperados do choque, corremos em sua direção, já era tarde demais para salvar Hector. Ela voltou a cabeça para nós como se fosse nos enfrentar, os braços novamente retesados para a frente, os lábios arreganhados, numa atitude ameaçadora que nos deixou pregados no lugar. Em seguida emitiu um último grunhido, que podia ser interpretado como um canto de triunfo ou um uivo de cólera, e embrenhou-se na floresta. Em poucos segundos, desapareceu na mata, que se fechou sobre seu corpo dourado, deixando-nos estupefatos no meio da selva novamente silenciosa.

06

– Uma selvagem – especulei –, pertencente a alguma raça atrasada como as que encontramos na Nova Guiné ou nas nossas florestas da África?

Eu falara sem nenhuma convicção. Arthur Levain me perguntou quase com violência se eu já vira perfil e delicadeza comparáveis entre os povos primitivos. Ele tinha mil vezes razão, e eu não soube o que responder. O professor Antelle, entretanto, que parecia meditar profundamente, nos escutara.

– Os povos mais primitivos do nosso mundo possuem uma linguagem – terminou por dizer. – Esta não fala.

Vasculhamos as redondezas do curso de água, sem descobrir qualquer rastro da desconhecida. Então voltamos até a nossa escuna, no descampado. O professor pensava em partir novamente para o espaço, a fim de tentar um pouso numa região mais civilizada. Mas Levain propôs esperarmos pelo menos vinte e quatro horas ali para tentar estabelecer contato com outros habitantes daquela selva. Defendi essa sugestão, que acabou prevalecendo. Não nos atrevíamos a admitir que a esperança de rever a desconhecida nos mantinha pregados naquele lugar.

O fim do dia transcorreu sem incidentes; porém, ao anoitecer, após admirarmos o fantástico poente de Betelgeuse, dilatada no horizonte para além de toda a imaginação humana, tivemos a impressão de uma mudança à nossa volta. A selva animava-se com estalos e frêmitos furtivos, e nos sentíamos espionados por olhos invisíveis através da folhagem. De qualquer forma, passamos uma noite sem sustos, entrincheirados na nossa escuna, revezando-nos na vigília. De madrugada, a mesma sensação voltou a nos assaltar, e acreditei ouvir gritos agudos, como os que Nova proferira na véspera. Mas nenhuma das criaturas, que nosso espírito febril acreditava povoar a floresta, deu as caras.

Decidimos então retornar à cachoeira e, ao longo de todo o trajeto, não nos livramos daquela enervante impressão de estarmos sendo seguidos e observados por criaturas que não ousavam se mostrar. Entretanto, Nova, na véspera, viera até nós.

– Talvez sejam nossas roupas que os intimidem – disse de repente Arthur Levain.

Aquilo me pareceu um lampejo. Lembrei-me claramente de que Nova, quando fugia após haver estrangulado nosso macaco, topara com a nossa pilha de roupas. Afastara-se então bruscamente para evitá-las, como um cavalo arisco.

– Veremos daqui a pouco.

E, mergulhando no lago, nus, recomeçamos a brincar como na véspera, aparentemente indiferentes a tudo o que nos cercava.

A mesma astúcia obteve o mesmo sucesso. Depois de alguns minutos, avistamos a garota na plataforma rochosa, sem que houvéssemos percebido sua chegada. Não estava sozinha. Um homem estava ao seu lado, um homem forte como nós, semelhante aos homens da Terra, nu em pelo também, de feições maduras e de quem certos traços lembravam os da nossa deusa, de modo que imaginei ser seu pai. Observava-nos tal como ela, perplexo e assustado.

E havia muitos outros. Fomos descobrindo-os pouco a pouco, enquanto nos esforçávamos para conservar nossa fingida indiferença. Saíam furtivamente da floresta e formavam gradualmente um círculo contínuo ao redor do lago. Eram todos musculosos, belas amostras de humanidade, homens e mulheres de pele dourada, que, parecendo acometidos por uma superexcitação, agora agitavam-se, emitindo às vezes pequenos grunhidos. Estávamos cercados e bastante preocupados, lembrando-nos do incidente do chimpanzé. Mas sua atitude não era ameaçadora; pareciam apenas interessados, eles também, por nossas evoluções.

Só poderia ser isso. Dali a pouco, Nova – que eu já considerava uma velha conhecida – foi para a água, e os demais pouco a pouco a imitaram com maior ou menor hesitação. Todos se aproximaram, e recomeçamos a nos perseguir como na véspera e à maneira das focas, com a diferença de que agora havia ao nosso redor umas vinte daquelas estranhas criaturas, patinhando, se agitando, todas com uma fisionomia séria que fazia um singular contraste com aquelas criancices.

Depois de uma hora daquele carrossel, comecei a me cansar. Era para nos comportar como fedelhos que havíamos aportado no universo de Betelgeuse? Eu sentia quase vergonha de mim mesmo e fiquei desolado ao constatar que o cientista Antelle parecia se esbaldar com aquela brincadeira. Mas qual era nossa escolha? Não temos muita noção da dificuldade de estabelecer contato com criaturas que ignoram a fala e o sorriso. Apesar de tudo, eu me empenhava. Esbocei gestos que se pretendiam significativos. Juntei as mãos numa atitude tão amistosa quanto possível, inclinando-me ao mesmo tempo, um pouco à maneira dos chineses. Atirei-lhes beijos com a mão. Nenhuma dessas manifestações despertou a menor reação. Nenhum lampejo de compreensão iluminou sua íris.

Durante a viagem, em nossas conversas a respeito de eventuais contatos com seres vivos, evocávamos criaturas disformes, monstruosas, com um aspecto físico bem diferente do nosso, mas sempre supúnhamos tacitamente nelas a presença do *espírito*. No planeta Soror, a realidade parecia completamente ao avesso: estávamos às voltas com habitantes semelhantes a nós do ponto de vista físico, mas que pareciam completamente destituídos de razão. Era de fato esta a significação do olhar que me perturbara em Nova e que encontrei em todos os outros: a falta de reflexão consciente, a ausência de alma.

Interessavam-se exclusivamente pela brincadeira. Ainda que fosse bastante estúpida! Planejando demonstrar coerência, ao mesmo tempo que permanecíamos a seu alcance, demos as mãos os três e, com a água na cintura, formamos uma roda, levantando e abaixando os braços ritmicamente, como teriam feito criancinhas. Isso não pareceu afetá-los nem um pouco. A maioria afastou-se de nós; alguns se puseram a nos contemplar com um ar de incompreensão tão evidente que ficamos, por nossa vez, pasmos.

E foi a intensidade do nosso desvario que provocou o drama. Estávamos tão desconcertados nos vendo daquela forma, três homens sensatos, um dos quais celebridade mundial, dando as mãos, dançando numa roda infantil sob o olhar sarcástico de Betelgeuse, que não conseguimos manter a seriedade. Estivemos tão contidos nos últimos quinze minutos que um relaxamento era necessário. Fomos sacudidos por um acesso de riso insano, que nos fez contorcer durante vários segundos, sem que conseguíssemos refreá-lo.

Aquela explosão de hilaridade despertou finalmente uma reação naqueles homens, mas decerto não a que desejávamos. Uma tempestade agitou o espelho de água. Num estado de excitação que teria parecido ridículo em outras circunstâncias, eles começaram a fugir em todas as direções. Ao cabo de alguns instantes, nos vimos sozinhos na água. Eles haviam terminado por se reunir na ribanceira, na beirada do açude, num grupo agitado, emitindo grunhidos furiosos e esticando os braços raivosamente em nossa direção. Seus gestos eram tão ameaçadores que ficamos com medo. Levain e eu nos aproximamos de nossas armas; mas o professor Antelle nos intimou em voz baixa a não as usar e tampouco as agitar enquanto eles não se aproximassem.

Às pressas, vestimos novamente nossas roupas, sem deixar de vigiá-los. Porém, mal havíamos enfiado as calças e as camisas, sua agitação intensificou-se e tornou-se frenética. Era como se a visão de homens vestidos fosse insuportável para eles. Alguns fugiram; outros avançaram até nós, os braços esticados para a frente, as mãos inquietas. Peguei minha carabina. Paradoxalmente, para criaturas tão obtusas, pareceram captar a significação desse gesto, voltando-nos as costas e desaparecendo por trás das árvores.

Corremos de volta até a escuna. Durante o trajeto, eu tinha a impressão de que eles continuavam presentes, embora invisíveis, e que acompanhavam silenciosamente nossa retirada.

07

Com uma brusquidão que nos impossibilitou qualquer defesa, o ataque foi deflagrado quando avistávamos o descampado. Saindo da mata como cervos, os homens de Soror pularam sobre nós antes que tivéssemos tempo de engatilhar as armas.

O que havia de curioso nessa agressão é que ela não era exatamente dirigida contra nós. Intuí imediatamente esse fato, que logo se esclareceu. Em nenhum momento senti minha vida em perigo, como antes estivera a de Hector. Eles não odiavam nossas vidas, mas nossas roupas e todos os acessórios que carregávamos. Num instante, fomos imobilizados. Um turbilhão de mãos atrevidas nos arrancava armas, munições e mochilas para atirá-las longe, ao passo que outras tentavam nos despojar de nossas roupas para rasgá-las. Quando compreendi o que causava seu furor, desisti com passividade, e, ainda que eu tenha levado uns arranhões, não recebi nenhum ferimento grave. Antelle e Levain me imitaram e logo nos vimos nus como minhocas, em meio a um grupo de homens e mulheres que, visivelmente tranquilizados ao nos verem assim, puseram-se a brincar à nossa volta, ao mesmo tempo que nos cercavam, perto o suficiente para não tentarmos fugir.

Havia agora pelo menos uma centena deles na orla da clareira. Os que não se encontravam próximos a nós precipitaram-se então para nossa escuna com uma fúria comparável àquela que os fizera dilacerar nossas roupas. Apesar do desespero que sentia ao vê-los depredar nosso precioso veículo, eu refletia sobre seu comportamento e julgava deduzir um princípio essencial: aquelas criaturas haviam se enfurecido com os objetos. Tudo o que era *fabricado* despertava cólera, e também pavor. Quando agarravam um instrumento qualquer, só o conservavam nas mãos o tempo de quebrá-lo, rasgá-lo ou torcê-lo. Em seguida, atiravam-no raivosamente para longe como se fosse um ferro em brasa, podendo pegá-lo novamente depois para completar sua destruição. Lembravam um gato lutando com uma ratazana agonizante, mas ainda perigosa, ou um mangusto agarrando uma serpente. Eu já registrara o fato curioso de eles nos atacarem sem nenhuma arma, sem servirem-se sequer de um porrete.

Assistimos, impotentes, à depredação da nossa escuna. A porta cedera rapidamente àquele tropel. Entraram e destruíram tudo o que podia ser destruído, em particular os instrumentos de bordo mais valiosos, cujos fragmentos espalharam-se por toda parte. Essa depredação durou um bom tempo. Em seguida, como a cápsula metálica era o único objeto a permanecer intacto, voltaram até o nosso grupo. Fomos sacudidos, molestados e finalmente arrastados por eles para o coração da selva.

Nossa situação ia ficando cada vez mais alarmante. Desarmados, nus, obrigados a caminhar descalços a uma velocidade além das nossas forças, não conseguíamos nem trocar impressões nem nos queixar. Qualquer tentativa de conversa provocava reflexos tão ameaçadores que tivemos que nos resignar a um silêncio doloroso. E, no entanto, aquelas criaturas eram homens como nós. Vestidos e penteados, não teriam chamado a atenção de ninguém no nosso mundo. Todas as mulheres eram deslumbrantes, sem que nenhuma rivalizasse com o esplendor de Nova.

Ela nos seguia de perto. Por diversas vezes, quando eu estava sendo fustigado pelos meus guardas, voltei a cabeça para ela, implorando pelo gesto de compaixão que por um momento tive a impressão de identificar em seu rosto. Mas isso era apenas, creio, fruto do meu desejo de atestar o fato. Assim que meu olhar captava o seu, ela procurava evitá-lo, sem que seu olho exprimisse outra reação senão perplexidade.

Esse calvário durou horas. Eu estava esgotado de cansaço, com os pés esfolados, o corpo cheio de escoriações provocadas pelos espinheiros, entre os quais os homens de Soror esgueiravam-se sem se machucar, como serpentes. Meus companheiros não se achavam em melhor situação que eu, e Antelle tropeçava a cada passo, quando finalmente chegamos a um lugar que parecia ser o objetivo daquela carreira. A mata ali era menos fechada, e as moitas haviam dado lugar a um capim rente. Nesse ponto, nossos guardas nos soltaram e, sem se ocupar mais conosco, começaram novamente a brincar, perseguindo-se em meio às árvores, o que parecia a principal ocupação de sua existência. Caímos no chão, atordoados pelo cansaço, aproveitando aquela trégua para conspirar em voz baixa.

Toda a filosofia do nosso chefe era necessária para nos impedir de cair num profundo abatimento. Anoitecia. Poderíamos até tentar fugir, aproveitando-nos da desatenção geral, mas para onde ir? Ainda que conseguíssemos voltar pela trilha percorrida, não tínhamos chance alguma de poder utilizar a escuna. Pareceu-nos mais sensato ficar por ali e tentar aliciar aquelas desconcertantes criaturas. Por outro lado, a fome nos atormentava.

Pusemo-nos de pé e demos alguns passos tímidos. Eles continuaram com suas brincadeiras dementes sem se preocuparem conosco. Sozinha, Nova parecia não nos ter esquecido. Começou a nos seguir a distância, desviando sempre a cabeça quando olhávamos para ela. Depois de perambularmos ao acaso, descobrimos que estávamos numa espécie de acampamento, onde os abrigos não eram sequer cabanas, mas espécies de ninhos, como fazem os grandes símios da nossa selva africana: algumas ramagens trançadas, sem nenhuma amarra, dispostas no solo ou encaixadas na forquilha dos galhos baixos. Alguns desses ninhos estavam ocupados. Homens e mulheres – não vejo outro nome com que os designar – amontoavam-se ali, a maioria casais enfastiados, encolhidos um contra o outro como cães friorentos. Outros abrigos, maiores, comportavam famílias inteiras, e percebemos várias crianças dormindo, que me pareceram todas bonitas e saudáveis.

Isso não trazia nenhuma solução para o problema alimentar. Finalmente, percebemos uma família preparando-se para comer ao pé de uma árvore; mas sua refeição não era nada tentadora para nós. Destrinchavam, sem o auxílio de nenhum instrumento, um animal enorme, que parecia um cervo. Com unhas e dentes, arrancavam nacos de carne crua, que devoravam depois de jogar fora apenas as tiras de pele. Não havia nenhum vestígio de fogueira nos arredores. Aquele festim dava-nos engulhos, e, como se não bastasse, ao avançarmos alguns passos, compreendemos que não éramos de forma alguma convidados a partilhá-lo; ao contrário, rosnados nos afastaram rapidamente.

Foi Nova quem veio em nosso socorro. Fizera isso porque compreendera que tínhamos fome? Poderia ela realmente *compreender* alguma coisa? Em todo caso, aproximou-se de uma árvore bem alta, enlaçou seu tronco com as coxas, alcançou dessa forma os galhos e desapareceu na folhagem. Alguns instantes depois, vimos cair no chão uma profusão de frutas semelhantes a bananas. Em seguida, desceu, recolheu duas ou três e começou a devorá-las, fitando-nos. Após alguma hesitação, nos arriscamos a imitá-la. As frutas eram bem gostosas, e conseguimos nos saciar, enquanto ela nos observava sem protestar. Depois de bebermos água de um riacho, decidimos passar a noite ali.

Cada um de nós escolheu seu canto de capim para construir um ninho semelhante aos da comunidade. Nova interessou-se pelo nosso trabalho, a ponto mesmo de se aproximar de mim para me ajudar a partir um galho recalcitrante.

Fiquei emocionado com aquele gesto, que provocou tanto ciúme no jovem Levain que ele se deitou imediatamente, enfiou-se no capinzal e nos deu as costas. Quanto ao professor Antelle, já estava pregado no sono, exaurido.

Demorei a arrumar minha cama, sempre observado por Nova, que recuara um pouco. Quando deitei, ela permaneceu por um longo tempo imóvel, como que indecisa; depois se aproximou com passinhos hesitantes. Não esbocei um gesto, com medo de assustá-la. Ela se deitou ao meu lado. Continuei sem me mexer. Ela terminou aconchegando-se junto a mim, e nada nos distinguia dos outros casais que ocupavam os ninhos daquela estranha tribo. Porém, embora a garota fosse do outro mundo, na época eu não a considerava uma mulher. Suas maneiras eram as de um animal de estimação à procura do calor de seu dono. Apreciei a tepidez de seu corpo, sem que me ocorresse desejá-la. Terminei dormindo naquela posição extravagante, quase morto de cansaço, encoscorado numa criatura estranhamente bela e incrivelmente inconsciente, após ter lançado um fugaz relance para um satélite de Soror, menor que a nossa Lua, que espalhava uma claridade sobre a selva amarelada.

08

O céu despontava por trás das árvores quando acordei. Nova ainda dormia. Contemplei-a em silêncio e suspirei, lembrando-me de sua crueldade com o nosso pobre macaquinho. Sem dúvida, ela fora uma das causas de nossa desventura, apontando-nos para seus companheiros. Mas como ficar ressentido diante da harmonia daquele corpo?

Mexeu-se de repente e ergueu a cabeça. Uma réstia de pavor atravessou sua íris e senti seus músculos retesarem-se. Diante da minha imobilidade, porém, sua fisionomia suavizou-se um pouco. Ela puxava pela memória; conseguiu pela primeira vez sustentar meu olhar por um momento.

Considerei isso uma vitória pessoal e, esquecendo-me de sua reação na véspera, diante dessa manifestação terrestre, sorri-lhe novamente.

Sua reação, desta vez, foi mais branda. Ela se agitou, retesou-se como se fosse dar um golpe, mas permaneceu imóvel. Encorajado, forcei meu sorriso. Ela se mexeu uma vez mais, porém acabou se acalmando; em seguida seu rosto não demonstrava nada além de uma grande perplexidade. Teria eu conseguido cativá-la? Atrevi-me a colocar a mão em seu ombro. Percebi um calafrio, mas ela continuou imóvel. Eu estava inebriado com aquele sucesso; fiquei mais ainda quando tive a impressão de que ela procurava me imitar.

Era verdade. Ela *tentava* sorrir. Eu presumia seus árduos esforços para contrair os músculos de sua face delicada. Depois de várias tentativas, tudo o que conseguiu foi esboçar uma espécie de careta. Havia um elemento perturbador naquele empenho descomunal de um ser humano em compor uma expressão familiar, com resultado tão lamentável. Senti-me repentinamente perturbado, com muita pena, como se estivesse diante de uma criança adoentada. Apertei mais um pouco minha mão sobre seu ombro. Aproximei meu rosto do seu. Rocei seus lábios. Ela respondeu a esse gesto esfregando seu nariz no meu, depois passando a língua no meu rosto.

Eu estava desorientado e indeciso. Aleatoriamente, imitei-a, meio sem jeito. Afinal de contas, eu era um visitante alienígena, cabendo-me assimilar os costumes do grande sistema de Betelgeuse. Ela pareceu satisfeita. Estávamos nesse ponto de nossas tentativas de aproximação, eu sem saber muito bem como prosseguir, angustiado pelo pensamento de cometer alguma gafe com minhas maneiras da Terra, quando uma terrível balbúrdia veio nos sobressaltar.

Meus dois companheiros, que eu, de maneira egoísta, esquecera, e eu próprio estávamos de pé enquanto amanhecia. Nova dera um salto ainda mais rápido e apresentava sinais da mais profunda perturbação. Aliás, compreendi imediatamente que aquela algazarra não era uma surpresa desagradável apenas para nós, mas para todos os habitantes da floresta, pois todos, abandonando suas tocas, começaram a correr de um lado para o outro desordenadamente. Não se tratava mais de uma brincadeira, como na véspera; seus gritos exprimiam um intenso terror.

Aquele alarido, rompendo bruscamente o silêncio da floresta, era de uma natureza que congelava o sangue; mas, além disso, eu intuía que os homens da selva sabiam com que estavam lidando e que seu pavor se devia à aproximação de um perigo preciso. Era uma cacofonia singular, uma mistura de pancadas espasmódicas, abafadas, como um rufar de tambor; outros sons mais dissonantes pareciam um concerto de panelas; e havia gritos também. Foram esses gritos o que mais nos impressionou, pois eram incontestavelmente *humanos*.

A madrugada iluminava uma cena insólita na mata: homens, mulheres e crianças corriam em todas as direções, cruzando-se, esbarrando-se, alguns inclusive trepando nas árvores como se procurassem refúgio. Entretanto, dali a pouco, alguns, entre os mais velhos, pararam para esticar os ouvidos e escutar. O rumor aproximava-se bem lentamente. Vinha da região onde a mata era mais fechada, parecendo emanar de uma linha contínua bem extensa. Comparei-o ao alvoroço dos perdigueiros em algumas de nossas grandes caçadas.

Os mais velhos da tribo pareceram tomar uma decisão. Emitiram uma série de grunhidos, que eram sem dúvida sinais ou ordens, e lançaram-se na direção oposta à do barulho. Todos os outros os seguiram, e os vimos debandar à nossa volta como uma manada de cervos desentocados. Nova lançara-se também, mas de repente hesitou e se voltou para nós, para mim em especial, achei. Soltou um gemido plangente, que tomei por um convite para segui-la, depois deu um salto e desapareceu.

O estrépito intensificou-se e julguei ouvir as moitas estalarem como que sob passos pesados. Confesso que perdi o sangue-frio. A sensatez aconselhava-me, entretanto, a permanecer ali e enfrentar os novos forasteiros, que, por sua vez, e isso ficava cada vez mais claro, emitiam gritos humanos. Porém, após as provações da véspera, aquela terrível algazarra agia sobre meus nervos. O terror de Nova e dos demais passara para as minhas veias. Não refleti, sequer confabulei com meus colegas; mergulhei nos arbustos e também fugi, no rastro da garota.

Percorri várias centenas de metros, sem conseguir alcançá-la, só então percebendo que apenas Levain me seguira – a idade do professor Antelle provavelmente estava sendo um empecilho àquela correria. Ele ofegava ao meu lado. Fitamo-nos, envergonhados com a nossa conduta, e eu ia lhe sugerir que voltássemos, ou pelo menos esperássemos nosso comandante, quando outros estampidos nos fizeram sobressaltar.

Em relação a estes, eu não podia estar enganado. Eram disparos de fogo que ressoavam na selva: um, dois, três, depois muitos outros, em intervalos irregulares, às vezes isolados, às vezes duas detonações consecutivas, lembrando estranhamente um tiro duplo de caçador. Atiravam à nossa frente, na trilha tomada pelos fugitivos. Enquanto hesitávamos, a linha da qual vinha o alarido inicial, a dos batedores, aproximou-se, aproximou-se bem perto de nós, desorientando mais uma vez nosso cérebro. Não sei por que achei a fuzilaria menos temível, mais familiar que aquela perseguição dos infernos. Por instinto, retomei minha correria sempre em frente, mas com o cuidado de me esconder por entre os arbustos e fazer o menor barulho possível. Meu companheiro me seguiu.

Chegamos assim à região de onde partiam as detonações. Diminuí o ritmo e me aproximei mais ainda, quase rastejando. Sempre seguido por Levain, escalei uma espécie de colina e parei no cume, ofegante. Não havia à minha frente senão algumas árvores e uma cortina de arbustos. Avancei com precaução minha cabeça perto do solo. Ali, permaneci alguns instantes como que petrificado, aterrado por uma visão desproporcional à minha reles razão humana.

09

Havia diversos elementos barrocos, alguns repulsivos, no quadro que eu tinha diante dos olhos, mas minha atenção logo foi completamente atraída por um personagem, imóvel a trinta passos de mim, que olhava na minha direção.

Por pouco não deixei escapar um grito de surpresa. Sim, apesar do meu terror, apesar da tragicidade da minha própria posição – eu estava encurralado entre os batedores e os atiradores –, a estupefação sufocou qualquer outro sentimento quando vi aquela criatura emboscada, espreitando a passagem da caça. Pois a criatura era um macaco, um gorila imenso. Em vão repeti para mim mesmo que estava enlouquecendo, afinal não restava mais nenhuma dúvida quanto à sua espécie. Mas encontrar um gorila no planeta Soror não era a principal extravagância do episódio. Ela residia para mim no fato de aquele macaco estar corretamente vestido, como um homem dos nossos, e principalmente na desenvoltura com que usava suas roupas. Essa *naturalidade* impressionou-me acima de tudo. Assim que avistei o animal, ficou evidente para mim que ele não estava de forma alguma *fantasiado*. O estado em que eu o via era normal, tão normal para ele quanto a nudez para Nova e seus companheiros.

Ele estava vestido como vocês e eu, quero dizer, como estaríamos vestidos se participássemos de uma daquelas incursões, empreendidas em nosso planeta por embaixadores ou outros personagens importantes, de nossas grandes caçadas oficiais. Seu uniforme cáqui parecia ter sido talhado pelo melhor alfaiate parisiense, revelando uma camisa de xadrez, como a usada pelos nossos esportistas. Os culotes, ligeiramente bufantes acima das panturrilhas, prolongavam-se num par de polainas. As semelhanças paravam nesse ponto; em vez de sapatos, calçava grossas luvas pretas.

Era um gorila, estou lhes dizendo! Do colarinho da camisa saía a hedionda cabeça terminada numa protuberância coberta de pelos negros, com o nariz achatado e as mandíbulas saltadas. Estava ali, de pé, um pouco curvado para a frente, na postura do caçador emboscado, apertando um fuzil em suas longas mãos. Mantinha-se à minha frente, do outro lado de um grande descampado que rasgava a mata perpendicularmente na direção da investida.

Subitamente, estremeceu. Percebera, como eu, um leve rumor nos arbustos, um pouco à minha direita. Girou a cabeça ao mesmo tempo que erguia a arma, preparando o tiro. Do meu poleiro, percebi o rastro deixado no matagal por um dos fugitivos, que corria às cegas bem à minha frente. Quase gritei para avisá-lo, tão evidente era a intenção do símio. Mas não tive tempo nem forças para isso; o homem já desembocava como um gamo no terreno descampado. O tiro foi disparado quando ele alcançava o centro de mira. Ele deu um salto e caiu, permanecendo imóvel após algumas convulsões.

Mas só observei a agonia da vítima um pouco mais tarde, minha atenção ainda estava magnetizada pelo gorila. Depois que ele fora alertado pelo barulho, eu acompanhara a alteração de sua fisionomia e registrara certo número de detalhes surpreendentes: em primeiro lugar, a crueldade do caçador emboscando sua presa e o prazer febril que esse exercício lhe proporciona; mas, acima de tudo, o caráter *humano* de sua expressão. Era efetivamente este o motivo essencial do meu espanto: na íris daquele animal brilhava a centelha espiritual que eu em vão buscara nos homens de Soror.

A precariedade da minha própria posição logo sufocou meu estupor inicial. A detonação fez-me dirigir novamente o olhar para a vítima e fui testemunha horrorizada de seus últimos espasmos. Percebi então, com pavor, que a trilha que cortava a floresta estava juncada de cadáveres humanos. Não era mais possível me iludir a respeito do sentido daquela cena. A cem passos dali avistei outro gorila, similar ao primeiro. Eu assistia a uma caçada – participava dela também, ai de mim! –, uma caçada fantástica em que os caçadores, postados a intervalos regulares, eram macacos, e a caça acuada, constituída por homens e mulheres como eu, homens e mulheres cujos cadáveres nus, esburacados, contorcidos em posições implausíveis, ensanguentavam o solo.

Desviei os olhos daquele horror insuportável. Ainda preferi a visão do símio grotesco que obstruía meu caminho. Ele dera um passo para o lado, descortinando outro macaco, que se mantinha atrás dele como um serviçal junto ao amo. Era um chimpanzé de pequeno porte, um jovem chimpanzé, palavra de honra, vestido com menos apuro que o gorila, de calça e camisa, que desempenhava aplicadamente sua função na meticulosa organização que eu começava a descobrir. O caçador acabava de lhe estender seu fuzil. O chimpanzé entregou-lhe outro, que empunhava. Em seguida, com gestos precisos, utilizando os cartuchos que carregava na cintura e que refulgiam sob os raios de Betelgeuse, o macaquinho recarregou a arma. Então voltaram todos a seus postos.

Todas essas impressões haviam me deixado aturdido por alguns instantes. Eu teria preferido refletir, analisar aquelas descobertas: não tinha tempo para isso. Ao meu lado, Arthur Levain, gelado de terror, era incapaz de me trazer qualquer socorro. O perigo aumentava a cada segundo. Atrás de nós, os batedores se aproximavam. O alarido tornava-se ensurdecedor. Estávamos encurralados como animais selvagens, como aquelas desafortunadas criaturas que eu ainda via passar à nossa volta. A população da cidade devia ser ainda mais significativa do que eu suspeitara, pois muitos homens ainda desembocavam na trilha, para nela encontrar uma morte pavorosa.

Nem todos, porém. Buscando recobrar um pouco do sangue-frio, observei do topo da minha colina o comportamento dos fugitivos. Alguns, completamente transtornados, corriam pisoteando os arbustos estrepitosamente, dando assim o alerta para os macacos, que os abatiam sumariamente. Outros, no entanto, davam provas de maior discernimento, agindo como velhos javalis calejados e capazes de diversos truques. Eles se aproximavam sorrateiramente, faziam uma pausa na orla, observando através das folhas o caçador mais próximo, e esperavam o instante em que sua atenção fosse atraída para outro lado. Então, numa arrancada súbita, a toda a velocidade, atravessavam a trilha infernal. Dessa forma, vários conseguiram chegar incólumes à mata frontal, onde desapareciam.

Talvez houvesse uma chance de salvação. Fiz sinal para Levain me imitar e me esgueirei silenciosamente até a última touceira antes da trilha. Ali, fui invadido por um escrúpulo extravagante. Eu, um homem, deveria realmente recorrer àquelas astúcias para ludibriar um macaco? O único comportamento digno de minha condição não seria me levantar, caminhar na direção do animal e lhe aplicar uma correção com umas bordoadas? O alarido aumentou atrás de mim e reduziu a pó aquela louca veleidade.

A caçada chegava ao fim numa balbúrdia infernal. Os batedores estavam nos nossos calcanhares. Percebi um deles emergindo da folhagem. Era um gorila enorme, que batia aleatoriamente com um cajado no chão, berrando com toda a força de seus pulmões. Causou-me uma impressão ainda mais terrível que o caçador com o fuzil. Levain começou a tiritar e a tremer todinho, enquanto eu espreitava novamente à minha frente, aguardando um instante propício.

Meu desafortunado companheiro salvou minha vida sem querer, com sua imprudência. Havia perdido completamente o juízo. Levantou-se com precaução, pôs-se a correr ao acaso e desembocou na trilha, bem na linha de tiro do caçador. Não foi longe. O disparo pareceu rachá-lo ao meio, e ele tombou, acrescentando seu cadáver a todos os demais que já atulhavam o solo. Não desperdicei tempo chorando – o que poderia fazer por ele? Aguardei febrilmente o momento em que o gorila devolveria o fuzil para seu serviçal. Assim que o fez, pulei e atravessei a trilha. Vi-o, como num sonho, precipitar-se para a arma, mas eu já estava protegido quando ele apontou. Ouvi uma exclamação que parecia um palavrão, mas não perdi tempo elucubrando sobre essa nova bizarrice.

Eu o enganara. Senti uma alegria peculiar depois disso, que foi um bálsamo para minha humilhação. Continuei a correr com todas as minhas forças, afastando-me o mais rápido possível da carnificina. Não ouvia mais os gritos dos batedores. Estava salvo.

Salvo! Eu subestimava a malignidade dos macacos no planeta Soror. Não percorrera cem metros quando esbarrei, de cabeça baixa, num obstáculo dissimulado numa folhagem. Era uma rede de malhas largas, estendida acima do solo e equipada com grandes bolsos, num dos quais eu me enfiara profundamente. Eu não era o único prisioneiro. A rede bloqueava um amplo setor da floresta e inúmeros fugitivos, que haviam escapado dos fuzis, mas sido capturados como eu. À minha direita e à minha esquerda, sacudidas acompanhadas por trinados furiosos atestavam suas tentativas para se libertar.

Uma fúria louca apoderou-se de mim quando me senti assim cativo, uma fúria mais forte que o terror, deixando-me incapaz de qualquer reflexão. Fiz exatamente o contrário do que me aconselhava a razão, isto é, debati-me de uma maneira completamente desordenada, o que teve como resultado apertar as malhas em volta do meu corpo. Acabei ficando tão enredado que fui obrigado a me calar, à mercê dos macacos que eu ouvia se aproximarem.

10

Fui tomado por um terror mortal quando vi a tropa avançar. Após ter sido testemunha de sua crueldade, julgava que iriam promover um massacre generalizado.

Os caçadores, todos gorilas, caminhavam na frente. Observei que haviam abandonado suas armas, o que me deu um pouco de esperança. Atrás deles, vinham os serviçais e batedores, entre os quais havia um número aproximadamente igual de gorilas e chimpanzés. Os caçadores pareciam os senhores e suas maneiras eram de aristocratas. Não pareciam imbuídos de más intenções e se interpelavam com o maior bom humor do mundo...

Na realidade, hoje estou tão acostumado com os paradoxos deste planeta que escrevi a frase precedente sem pensar no absurdo que ela representa. E, no entanto, é verdade! Os gorilas tinham ares aristocratas. Interpelavam-se alegremente numa linguagem articulada e sua fisionomia exprimia a cada instante sentimentos humanos cujos traços eu em vão procurara em Nova. Ai de mim! O que acontecera a Nova? Estremeci ao me recordar da trilha sangrenta. Compreendia agora a perturbação que lhe causara a visão do nosso chimpanzé. Existia claramente um ódio feroz entre as duas raças. Bastava, para se convencer disso, ver a reação dos prisioneiros à aproximação dos símios. Agitavam-se freneticamente, esperneavam, rangiam os dentes, espumando, e mordiam com fúria as cordas da rede.

Sem dar atenção a esse tumulto, os gorilas caçadores – surpreendi-me ao chamá-los de senhores – davam ordens a seus lacaios. Grandes carroças, baixinhas, cuja plataforma era constituída por uma jaula, foram empurradas até uma trilha que se achava do outro lado da rede. Fomos enfiados nelas, na proporção de uma dezena por carroça, operação bastante morosa, pois os prisioneiros debatiam-se desesperados. Dois gorilas, as mãos protegidas por luvas de couro para evitar as mordidas, os agarravam um a um, desvencilhavam-nos da armadilha e os atiravam numa jaula, cuja porta era rapidamente trancada, enquanto um dos mandachuvas supervisionava a operação, apoiado displicentemente num cajado.

Quando chegou minha vez, eu quis chamar atenção para mim, falando. Porém, mal abri a boca, um dos feitores, provavelmente tomando aquilo como uma ameaça, deu brutalmente na minha cara com sua enorme luva. Não tive jeito senão me calar e fui jogado como um saco de batata numa jaula em companhia de uma dúzia de homens e mulheres, ainda agitados demais para dar atenção a mim.

Quando fomos todos embarcados, um dos serviçais verificou a tranca das jaulas e foi prestar contas a seu senhor. O chefe fez um gesto com a mão, e roncos de motor ecoaram na floresta. As carroças puseram-se em marcha, rebocadas por uma espécie de trator pilotado por um macaco. Discerni claramente o motorista do veículo que seguia o meu. Era um chimpanzé. Usava uma roupa de trabalho e parecia bem-humorado. Às vezes nos dirigia exclamações irônicas e, quando o motor engasgava, eu podia ouvi-lo cantarolar uma melopeia num ritmo bastante melancólico, a cuja linha melódica não faltava harmonia.

Essa primeira etapa foi tão curta que não tive tempo de pôr a cabeça no lugar. Depois de rodar uns quinze minutos por uma estradinha castigada, o comboio parou num vasto descampado, em frente a uma casa de pedra. Era o fim da floresta: distingui do outro lado uma planície coberta por plantações do que pareciam ser cereais.

A casa, com seu teto de telhas vermelhas, seus postigos verdes e avisos numa tabuleta na porta, tinha o aspecto de uma estalagem. Percebi imediatamente que se tratava de um abrigo de caçadores. As macacas estavam ali esperando seus senhores, que chegavam em seus carros particulares após terem feito um caminho diferente do nosso. As damas gorilas estavam sentadas em círculo em poltronas e tagarelavam à sombra de grandes árvores que lembravam palmeiras. De quando em quando uma delas bebericava num copo, com a ajuda de um canudinho.

Assim que as carroças estacionaram, elas se aproximaram, curiosas para ver o resultado da caçada e, antes de qualquer outra coisa, as peças abatidas, que gorilas, protegidos por um longo avental, retiravam de dois grandes caminhões para expô-las à sombra das árvores.

Era o glorioso butim da caçada. Nesse caso também os macacos procediam com método. Primeiro, colocavam os cadáveres de costas, lado a lado, dispostos de maneira regular. Depois, enquanto as macacas soltavam grunhidos de admiração, eles caprichavam para *apresentar* a caça de uma forma sedutora. Alinhavam os braços ao longo dos corpos, abriam as mãos e as espalmavam para cima. Esticavam as pernas, manipulavam as articulações para tirar do defunto seu aspecto cadavérico, retificavam um membro desgraciosamente torcido, ou ainda atenuavam a contração de um pescoço. Em seguida alisavam cuidadosamente seus cabelos, em especial os das mulheres, como alguns caçadores alisam o pelo ou a plumagem do animal que acabam de abater.

Receio não ser capaz de transmitir o que esse cenário tinha de grotesco e diabólico para mim. Terei insistido o bastante no físico completamente, absolutamente *simiesco* desses macacos, excetuando-se a expressão do olhar? Terei mencionado que aquelas macacas, também em trajes esportivos, mas muito elegantes, atropelavam-se para descobrir as peças mais bonitas e as apontavam mutuamente com o dedo, parabenizando seus senhores gorilas? Terei dito que uma delas, sacando de uma bolsa um par de tesourinhas, debruçou-se sobre um cadáver, cortou uns fios de um cabelo castanho, fez com eles um anel em torno de seu dedo e depois, logo imitada por todas as outras, prendeu-o em seu gorro com um alfinete?

A exposição do butim estava terminada: três renques de cadáveres cuidadosamente dispostos, homens e mulheres alternados, estas dardejando uma linha de seios dourados em direção ao astro monstruoso que incendiava o céu. Desviando os olhos com horror, percebi a chegada de um novo personagem, carregando uma caixa oblonga na ponta de um tripé. Era um chimpanzé. Reconheci prontamente nele o fotógrafo que deveria registrar a lembrança das proezas cinegéticas para a posteridade símia. A sessão durou mais de quinze minutos, os gorilas primeiro sendo fotografados individualmente em poses fanfarronas, alguns apoiando o pé com um ar de triunfo sobre uma de suas vítimas, depois em grupo compacto, cada um passando o braço no pescoço do vizinho. Foi então a vez das macacas, que posaram graciosamente diante daquela carniça, com seus chapéus emplumados bem à vista.

Essa cena comportava um horror desproporcional à resistência de um cérebro normal. Durante certo tempo, ainda consegui comprimir o sangue que fervilhava nas minhas veias, mas, quando reconheci o corpo sobre o qual uma daquelas fêmeas estava sentada para obter uma foto mais espetacular, quando reconheci, na face daquele cadáver deitado junto aos outros, os traços juvenis, quase infantis, do meu desafortunado companheiro Arthur Levain, não pude me conter. E mais uma vez minha reação manifestou-se de forma absurda, em harmonia com o lado ridículo daquela macabra exposição. Entreguei-me a uma hilaridade insana: caí na gargalhada.

Eu não pensara em meus companheiros de jaula. Eu era incapaz de pensar! O tumulto desencadeado pela minha risada alertou-me para sua vizinhança, tão perigosa para mim, sem dúvida, quanto a dos macacos. Braços ameaçadores retesaram-se na minha direção. Compreendi o perigo e sufoquei meus acessos enfiando a cabeça nos braços. Não sei, porém, se teria evitado ser estrangulado e dilacerado caso alguns daqueles macacos, atraídos pelo alvoroço, não houvessem restabelecido a ordem com varadas. A propósito, outro incidente logo veio desviar a atenção geral. Um sino repicou na estalagem anunciando a hora do almoço. Os gorilas dirigiram-se para lá em pequenos grupos, conversando alegremente, enquanto o fotógrafo guardava seus instrumentos após ter tirado algumas fotos de nossas jaulas.

Mas nós, homens, não havíamos sido esquecidos. Eu não sabia o destino que nos reservavam os macacos, mas planejavam cuidar de nós. Antes de desaparecer na estalagem, um dos mandachuvas deu instruções a um gorila, que parecia ser um capataz. Este voltou até nós, reuniu seu pessoal e, dali a pouco, os serviçais nos trouxeram comida em cuias e bebida em baldes. O alimento consistia numa espécie de pirão. Eu não sentia fome, mas estava decidido a comer para conservar intactas minhas forças. Aproximei-me de um dos recipientes, em torno do qual diversos prisioneiros haviam se acocorado. Fiz como eles e projetei uma mão tímida. Encararam-me acrimoniosamente, mas a comida era abundante e foram condescendentes. Era um caldo grosso, à base de cereais, cujo sabor não era de todo ruim. Engoli um bocado sem desprazer.

Nosso cardápio, a propósito, foi reforçado pelas boas graças dos nossos guardas. Terminada a caçada, aqueles batedores, que tanto haviam me assustado, não se mostravam maus, contanto que nos comportássemos bem. Perambulavam diante das jaulas e de vez em quando nos atiravam umas frutas, divertindo-se muito com a confusão que aquele agrado não deixava de provocar. Assisti inclusive a uma cena que me deu o que pensar. Tendo uma garotinha agarrado uma fruta no ar, seu vizinho correu para arrancá-la dela. O macaco, então, agitou sua vara, passou-a por entre as barras e repeliu o homem com brutalidade; em seguida, pôs uma segunda fruta diretamente na mão da criança. Assim, eu soube que aquelas criaturas eram suscetíveis à piedade.

Terminada a refeição, o capataz e seus auxiliares começaram a alterar a composição do comboio, transferindo alguns prisioneiros de uma jaula para outra. Pareciam efetuar uma espécie de triagem, cujo critério me escapava. Achando-me finalmente em meio a um grupo de homens e mulheres de belíssimo aspecto, tentei me convencer de que se tratava dos indivíduos mais notáveis, sentindo um consolo amargo ao pensar que os macacos, à primeira vista, haviam me julgado digno de figurar numa elite.

Tive a surpresa e a imensa alegria de reconhecer Nova entre meus novos companheiros. Escapara ao massacre, e agradeci aos céus de Betelgeuse por isso. Pensando principalmente nela, eu examinara detidamente as vítimas, temendo a todo instante deparar-me com as curvas admiráveis de Nova no monte de cadáveres. Eu tinha a impressão de reencontrar um ente querido, e, perdendo novamente a cabeça, precipitei-me para ela de braços abertos. Era pura loucura; meu gesto aterrorizou-a. Teria ela esquecido nossa intimidade à noite? Um corpo tão maravilhoso não era animado por nenhuma alma? Senti-me arrasado ao vê-la se contrair à minha aproximação, as mãos crispadas como para me estrangular, o que provavelmente teria feito se eu houvesse insistido.

Entretanto, como eu me imobilizara, ela logo se acalmou. Deitou-se num canto da jaula e imitei-a, suspirando. Todos os demais prisioneiros haviam feito a mesma coisa. Pareciam agora cansados, prostrados e resignados à sua sorte.

Do lado de fora, os macacos preparavam a partida do comboio. Um oleado fora estendido em cima de nossa jaula e desenrolado até o meio das grades, deixando a luz do dia entrar. Ordens foram gritadas; os motores, acionados. Vi-me carregado velozmente para um destino desconhecido, angustiado ao pensar nas novas tribulações que me aguardavam no planeta Soror.

11

Sentia-me alquebrado. Os acontecimentos daqueles dois dias haviam exaurido meu corpo e mergulhado meu espírito num desvario tão profundo que eu tinha sido incapaz, até aquele momento, de chorar a perda de meus companheiros e conceber realisticamente tudo o que a depredação da escuna representava para mim. Acolhi com alívio a penumbra, depois o isolamento na escuridão quase total que se seguiu, pois anoiteceu rapidamente e rodamos a noite inteira. Eu me esforçava para descobrir um sentido nas peripécias que testemunhara. Precisava desse trabalho intelectual para escapar à desesperança que me rondava, para me provar que eu era um homem, quero dizer, um homem da Terra, criatura racional, acostumado a encontrar uma explicação lógica para os caprichos aparentemente milagrosos da natureza, e não um animal acuado por macacos evoluídos.

Repassei na cabeça todas as minhas observações, muitas delas registradas à minha revelia. Uma impressão geral prevalecia em todas elas: aqueles macacos, machos e fêmeas, gorilas e chimpanzés, não eram nem um pouco *ridículos*. Já mencionei que nunca me pareceram animais fantasiados, como os macacos amestrados exibidos em nossos circos. Na Terra, um chapéu na cabeça de uma macaca é um espetáculo engraçado para alguns; para mim, penoso. Não era o caso aqui. O chapéu e a cabeça combinavam, e não havia nada senão naturalidade em todos os seus gestos. A macaca que bebia num copo com um canudinho parecia uma dona de casa. Lembrei-me também de ter visto um dos caçadores tirar um cachimbo do bolso, enchê-lo metodicamente e acendê-lo. Pois bem, nada nesse ato chocara meu instinto, tão espontâneos eram os seus gestos. Precisei refletir, concluindo pelo paradoxo. Meditei longamente acerca desse ponto, e acho que, pela primeira vez desde a minha captura, lamentei o desaparecimento do professor Antelle. Sua sensatez e sua ciência teriam provavelmente conseguido encontrar uma explicação para aquelas incongruências. Para onde o teriam levado? Eu tinha certeza de que não figurava no butim das peças abatidas. Estaria entre os prisioneiros? Isso não era impossível; eu não tinha visto todos eles. Eu não ousava imaginar que ele conseguira continuar em liberdade.

Com meus parcos recursos, tentei construir uma hipótese que, na verdade, não me satisfez muito. Será que os habitantes daquele planeta, as criaturas civilizadas que víramos nas cidades, haviam conseguido adestrar macacos de maneira a obter deles um comportamento mais ou menos racional, após uma seleção paciente e testes realizados em cima de diversas gerações? Afinal, na Terra, alguns chimpanzés conseguem executar truques espantosos. O próprio fato de possuírem uma linguagem talvez não fosse tão extravagante quanto eu julgara. Lembrava-me agora de uma discussão com um especialista a respeito do assunto. Ele me ensinara que cientistas sérios passavam grande parte de suas vidas tentando fazer símios falar. Sugeriam que nada na conformação desses animais opunha-se a isso. Até então todos os esforços haviam sido inúteis, mas eles perseveravam, sustentando que o único obstáculo residia em que os macacos não *queriam* falar. Talvez um dia tivessem querido, no planeta Soror... Isso permitia àqueles hipotéticos habitantes os utilizar para determinadas tarefas rudes, como aquela caçada em que eu fora capturado.

Eu me agarrava obstinadamente a essa explicação, recusando-me com pavor a imaginar outra, mais simples; de tal forma parecia-me indispensável à minha salvação existirem verdadeiras criaturas conscientes naquele planeta, isto é, homens, homens como eu, com os quais pudesse me entender.

Homens! A que raça então pertenciam as criaturas que os macacos abatiam e capturavam? A tribos atrasadas? Se assim fosse, que crueldade dos senhores deste planeta para tolerar e talvez ordenar tais massacres!

Fui distraído desse pensamento por uma forma que se aproximava rastejando. Era Nova. À minha volta, em grupo e espalhados no chão, todos os prisioneiros estavam deitados. Após algumas hesitações, ela se aconchegou em mim, como na véspera. Tentei, mais uma vez em vão, descobrir em seu olhar a centelha que teria conferido a seu gesto o valor de impulso amistoso. Ela desviou a cabeça e logo fechou os olhos. Apesar disso, sua simples presença me reconfortou e terminei dormindo naquele aconchego, tentando não pensar no dia seguinte.

12

Consegui assim, num reflexo de defesa contra arroubos do pensamento por demais aflitivos, dormir até o dia nascer. Nem por isso meu sono deixou de ser entremeado por pesadelos tumultuosos em que o corpo de Nova surgia para mim como o de uma monstruosa serpente enrolado no meu. Abri os olhos com a aurora. Ela já estava acordada. Afastara-se um pouco de mim, observando-me com seu olhar eternamente perplexo.

Nosso veículo diminuiu o ritmo e constatei que havíamos chegado à cidade. Os prisioneiros tinham se levantado e mantinham-se acocorados contra as grades, assistindo, por debaixo da lona, a um espetáculo que parecia reacender sua perturbação de véspera. Imitei-os; colei meu rosto nas barras e, pela primeira vez, contemplei uma cidade civilizada do planeta Soror.

Passávamos por uma rua bem larga, ladeada por calçadas. Examinei os transeuntes com ansiedade: eram macacos. Vi um comerciante, uma espécie de quitandeiro, que acabava de armar o toldo de sua loja e se voltava com curiosidade para nos ver passar: era um macaco. Tentei distinguir os passageiros e o motorista dos veículos locomotores que o ultrapassavam: vestiam-se como em nosso planeta e eram macacos.

Minha esperança de descobrir uma raça humana civilizada tornava-se quimérica e, no fim do trajeto, eu me achava desencorajado e melancólico. Nossa carroça reduzia ainda mais a velocidade. Observei então que o comboio deslocara-se durante a noite, pois só compreendia agora dois veículos, os demais possivelmente tendo tomado outra direção. Após atravessar uma arcada, paramos num pátio. Macacos logo nos cercaram, tentando acalmar a crescente agitação dos prisioneiros com algumas varadas.

O pátio era rodeado por prédios de vários andares, com séries de janelas todas iguais. O conjunto sugeria um hospital, e essa impressão foi confirmada pela chegada dos novos personagens que avançavam ao encontro de nossos guardas. Usavam todos um jaleco branco e uma touquinha, como enfermeiros: eram macacos.

Eram macacos, todos, gorilas e chimpanzés. Ajudaram nossos guardas a descarregar as carroças. Fomos retirados da jaula, um por um, enfiados num grande saco e carregados para o interior do prédio.

Não ofereci resistência e me deixei transportar por dois gorilas vestidos de branco. Durante vários minutos, tive a impressão de percorrermos longos corredores e subirmos escadas. Finalmente, fui depositado sem delicadeza sobre um assoalho; depois, aberto o saco, fui atirado em outra jaula, dessa vez fixa, com o piso forrado por uma enxerga de palha e onde fiquei sozinho. Um dos gorilas aferrolhou cuidadosamente a porta.

A sala onde eu me achava continha um grande número de jaulas iguais à minha, dispostas em duas fileiras e dando para uma passagem comprida. A maioria já estava ocupada, algumas por meus companheiros da caçada, que acabavam de ser trazidos para ali, outras, por homens e mulheres que deviam ser prisioneiros antigos. Era possível identificá-los por uma postura um tanto resignada. Olhavam para os recém-chegados com uma expressão derrotada, mal percebendo quando um deles gemia de sofrimento. Observei também que os calouros eram colocados, como eu, numa cela individual, ao passo que os antigos estavam em sua maior parte agrupados por casal. Passando o nariz por entre duas barras, percebi uma jaula maior no fim do corredor, contendo um grande número de crianças. Ao contrário dos adultos, elas pareciam superexcitadas com a chegada da nossa fornada. Gesticulavam, acotovelavam-se e faziam menção de sacudir as grades, soltando grunhidos como jovens macacos malcriados.

Os dois gorilas voltavam, carregando outro saco. Dele saiu minha amiga Nova, e ainda tive o consolo de vê-la colocada numa jaula defronte da minha. No seu estilo singular, ela protestou contra aquela operação, tentando arranhar e morder. Quando a grade foi fechada, arrojou-se contra as barras, tentou sacudi-las, rangendo dentes e soltando uivos de cortar o coração. Ao cabo de um minuto, ela me viu, imobilizou-se e esticou um pouco o pescoço como um animal surpreendido. Esbocei um sorriso e fiz um acenozinho com a mão, que ela tentou imitar canhestramente, o que encheu meu coração de alegria.

Fui distraído pelo retorno dos dois gorilas de jaleco branco. O descarregamento havia terminado, pois não traziam nenhum fardo; mas empurravam à sua frente um carrinho cheio de comida e baldes de água, que distribuíam aos prisioneiros, o que os acalmou novamente.

Logo chegou a minha vez. Enquanto um dos gorilas montava guarda, o outro penetrou na minha jaula e colocou à minha frente uma tigela que continha a ração, algumas frutas e um balde. Eu decidira fazer de tudo para estabelecer contato com aqueles macacos, que pareciam ser efetivamente as únicas criaturas civilizadas e racionais do planeta. O que me trazia comida não tinha a expressão perversa. Observando minha tranquilidade, deu até um tapinha amigável no meu ombro. Olhei-o nos olhos; depois, retirando a mão do meu peito, inclinei-me cerimoniosamente. Ao erguer a cabeça, li uma intensa surpresa em seu rosto. Sorri então para ele, empenhando toda a minha alma nessa manifestação. Ele estava prestes a sair: estacou, pasmo, e deixou escapar uma exclamação. Finalmente eu conseguira me fazer notar. Com a intenção de garantir o meu sucesso demonstrando todos os meus talentos, pronunciei bem estupidamente a primeira frase que me passou pela cabeça.

– Como vai? Sou um homem da Terra. Fiz uma longa viagem.

O sentido não tinha importância. Eu só precisava falar para desvendar-lhe minha verdadeira natureza. Nunca estupefação igual imprimiu-se nos traços de um símio. Ficou sem respiração e boquiaberto, bem como seu companheiro. Ambos entabularam uma conversa rápida a meia-voz, mas o resultado não foi o que eu esperava. Após ter me avaliado com um ar desconfiado, o gorila recuou repentinamente e saiu da jaula, que aferrolhou com mais cuidado que anteriormente. Os dois macacos entreolharam-se por um momento, depois caíram na gargalhada. Eu devia representar um fenômeno realmente único, pois não paravam de se divertir à minha custa. Tinham lágrimas nos olhos e um deles teve que largar a panela que segurava para pegar o lenço.

Minha desilusão foi tão grande que quase enlouqueci de desespero. Pus-me a sacudir as grades também, a mostrar os dentes e a xingá-los em todas as línguas que conhecia. Quando esgotei meu repertório de invectivas, continuei a berrar sons indistintos, o que teve como único resultado fazê-los dar de ombros.

Em todo caso, eu conseguira atrair a atenção para mim. Enquanto iam embora, viraram-se diversas vezes para me observar. Como eu terminara por me acalmar, sem forças, vi um deles sacar um bloquinho do bolso e anotar alguma coisa, após ter colocado zelosamente um sinal estampado numa tabuleta no topo da minha jaula, que eu supunha ser um número.

Partiram. Por um instante agitados com a minha demonstração, os outros prisioneiros voltaram às suas refeições. Nada mais me restava a fazer senão comer e descansar, à espera de uma oportunidade mais favorável para revelar minha nobre essência. Ainda engoli um caldo de cereais e algumas frutas suculentas. À minha frente, Nova parava às vezes de mastigar para lançar-me olhares furtivos.

13

Deixaram-nos tranquilos o resto do dia. À noite, após nos terem servido outra refeição, os gorilas retiraram-se, apagando as luzes. Dormi pouco aquela noite, não devido ao desconforto da jaula – a palha era espessa e compunha uma cama aceitável –, e sim porque não parava de fazer planos visando me comunicar com os macacos. Prometi a mim mesmo não me entregar mais à cólera, mantendo uma paciência incansável em todas as oportunidades que eu tivesse para demonstrar minha inteligência. Os dois guardas com quem eu lidara eram provavelmente subalternos limitados, incapazes de interpretar meu propósito; mas deveriam existir macacos mais cultos.

Constatei, a partir da manhã seguinte, que essa esperança não era vã. Eu estava acordado fazia uma hora. A maioria dos meus companheiros rodopiava sem parar em suas jaulas, à maneira de certos animais cativos. Quando percebi que eu agia como eles, já havia um bom tempo e à minha revelia, senti-me humilhado e me obriguei a sentar em frente à grade, assumindo uma atitude tão humana, tão pensativa quanto possível. Foi então que a porta do corredor foi empurrada e vi entrar um novo personagem, acompanhado pelos dois guardas. Era uma chimpanzé fêmea, e, pela maneira como os gorilas lhe eram subservientes, compreendi que ocupava um cargo importante no estabelecimento.

Eles certamente lhe haviam apresentado um relatório a meu respeito, pois, assim que entrou, a macaca fez uma pergunta a um deles, que apontou o dedo na minha direção. Ela então se encaminhou diretamente até a minha jaula.

Observei-a detidamente enquanto se aproximava. Também vestia um jaleco branco, de corte mais elegante que o dos gorilas, cintado, e cujas mangas curtas revelavam dois braços compridos e ágeis. O que nela me impressionou acima de tudo foi seu olhar, notavelmente vivo e inteligente. Tive bons pressentimentos acerca de nossas futuras relações. Pareceu-me bem jovem, apesar das rugas de sua condição simiesca que emolduravam seu focinho branco. Carregava na mão uma pasta de couro.

Parou em frente à minha jaula e começou a me examinar, ao mesmo tempo que tirava um caderno da pasta.

– Bom dia, senhora – eu disse, inclinando-me.

Eu falara com minha voz mais sedutora. A face da macaca exprimiu intensa surpresa, mas ela manteve a gravidade, impondo inclusive silêncio, com um gesto autoritário, aos gorilas, que caçoavam de novo.

– Senhora ou senhorita – continuei, encorajado –, lamento ser-lhe apresentado nestas condições e nestes trajes. Acredite, não tenho o hábito...

Continuei a dizer tolices, procurando apenas palavras em harmonia com o tom civilizado que eu decidira adotar. Quando me calei, sublinhando meu discurso com o sorriso mais amável, seu espanto transformou-se em estupor. Seus olhos piscaram várias vezes, e as rugas de sua face vincaram. Era evidente que procurava com ardor a difícil solução de um problema. Sorriu para mim, e tive a intuição de que ela começava a suspeitar de uma parte da verdade.

Durante essa cena, os homens das jaulas nos observavam sem manifestar a repulsa que o som da minha voz provocava neles. Davam mostras de curiosidade. Um após o outro, cessaram sua ronda febril para vir colar o rosto nas barras a fim de nos ver melhor. Sozinha, Nova parecia furiosa e irrequieta.

A macaca tirou uma caneta do bolso e escreveu várias linhas em seu caderno. Em seguida, levantando a cabeça e ainda se deparando com meu olhar ansioso, sorriu novamente. Isso me estimulou a tentar outra abordagem amistosa. Estendi-lhe um braço através da grade, com a mão aberta. Os gorilas sobressaltaram-se e esboçaram um movimento para interferir. Mas a macaca, cujo primeiro reflexo havia sido de toda forma recuar, recobrou-se, deteve-os com uma palavra e, sem parar de me fitar, também projetou seu braço peludo, um pouco trêmulo, na direção do meu. Não me mexi. Ela se aproximou mais ainda e colocou sua mão com dedos descomunais sobre meu pulso. Senti-a estremecer a esse contato. Tentei não fazer nenhum movimento que pudesse assustá-la. Ela deu um tapinha na minha mão, acariciou meu braço, depois voltou-se para seus auxiliares com uma expressão de triunfo.

Eu arfava de esperança, cada vez mais convencido de que ela começava a reconhecer minha nobre essência. Quando se dirigiu imperiosamente a um dos gorilas, tive a louca esperança de que fossem abrir minha jaula, com desculpas. Ai de mim! Não era nada disso! O guarda vasculhou em seu bolso e sacou um pequeno objeto branco, que entregou à sua patroa. Ela colocou-o pessoalmente em minha mão com um sorriso encantador. Era um torrão de açúcar.

Um torrão de açúcar! Despenquei de tão alto, senti-me de repente tão desencorajado diante da humilhação daquela recompensa que quase a atirei na cara dela.

Bem a tempo, lembrei-me de minhas sensatas resoluções e obriguei-me a permanecer calmo. Peguei o açúcar, inclinei-me e trinquei-o com um ar tão inteligente quanto possível.

Assim foi meu primeiro contato com Zira. Zira era o nome da macaca, como logo vim a saber. Era a chefe do posto para onde eu fora levado. Apesar da minha decepção final, suas atitudes davam-me muita esperança e eu intuía que um dia faríamos contato. Ela teve uma longa conversa com os guardas e me pareceu que lhes dava instruções a meu respeito. Em seguida, continuou sua ronda, inspecionando os outros ocupantes das jaulas.

Examinava com atenção cada um dos recém-chegados e fazia algumas anotações, mais sucintas que no meu caso. Em nenhum momento aventurou-se a tocar um deles. Se o tivesse feito, creio que eu teria ficado com ciúmes. Comecei a sentir orgulho de ser o sujeito fora do comum, o único a merecer um tratamento privilegiado. Quando a vi deter-se diante das crianças e lançar-lhes torrões de açúcar, senti um violento despeito, um despeito pelo menos igual ao ciúme de Nova, que, após ter mostrado os dentes para a macaca, deitara-se furiosa no fundo de sua jaula e me dava as costas.

14

O segundo dia transcorreu como o primeiro. Os macacos apenas nos trouxeram comida. Eu estava cada vez mais perplexo diante daquele estranho estabelecimento, quando, no dia seguinte, começou para nós uma série de *testes* cuja lembrança hoje me humilha, mas que na época me proporcionaram uma distração.

O primeiro pareceu-me acima de tudo bastante insólito. Um dos guardas aproximou-se de mim, enquanto seu colega trabalhava em outra jaula. O gorila que se aproximou mantinha uma das mãos escondida nas costas; com a outra, segurava um apito. Olhou para mim para chamar minha atenção, levou o apito à boca e extraiu dele uma série de sons agudos, durante um minuto inteiro. Em seguida, revelou a outra mão, mostrando-me ostensivamente uma dessas bananas cujo sabor eu apreciara e pelas quais todos os homens mostravam-se ávidos. Segurou a fruta à minha frente, sem parar de me observar.

Estiquei o braço, mas a banana estava inalcançável, e o gorila não se aproximava. Parecia decepcionado, à espera de outro gesto. Por fim, cansou-se, escondeu novamente a fruta e voltou a apitar. Eu estava nervoso, intrigado com aquelas palhaçadas, e quase perdi a paciência quando ele a agitou fora do meu alcance. Consegui, porém, permanecer calmo, tentando adivinhar o que ele esperava de mim, pois sua expressão denotava cada vez mais surpresa, como se estivesse diante de um comportamento anormal. Repetiu a mesma manobra cinco ou seis vezes; depois, desapontado, passou a outro prisioneiro.

Tive um claro sentimento de frustração quando constatei que este, por sua vez, recebia a banana logo na primeira vez, e que acontecia a mesma coisa com o seguinte. Fiquei de olho no outro gorila, que se entregava à mesma cerimônia na fileira da frente. Percebi que ele estava com Nova, e não perdi nenhuma das reações dela. Ele apitou, em seguida agitou uma fruta como seu colega. A jovem mexeu-se instantaneamente, movendo os maxilares e...

Subitamente fez-se luz em meu espírito. Nova, a radiante Nova, começara a salivar abundantemente à visão daquela iguaria, como um cão ao qual apresentam um torrão de açúcar. Era o que o gorila esperava, só isso por hoje. Entregou-lhe o objeto de sua cobiça e passou a outra jaula.

Eu compreendera, juro a vocês, e não estava nada orgulhoso disso! Eu antigamente fizera estudos de biologia, e os trabalhos de Pavlov não eram segredo para mim. Tratava-se, no caso, de testar nos homens os reflexos que ele estudara nos cães. E eu, tão estúpido minutos antes, agora, com minha razão e minha cultura, não apenas captava o espírito daquele teste, como previa os que se sucederiam. Os macacos talvez estivessem agindo havia vários dias assim: apitos, em seguida apresentação de um alimento favorito, que estimulava a salivação no indivíduo. Após certo tempo, seria apenas o som do apito que causaria o mesmo efeito. Os homens teriam adquirido reflexos condicionados, segundo o jargão científico.

Congratulei-me imensamente pela minha perspicácia e ansiei por exibi-la. Quando meu gorila passava novamente à minha frente após ter concluído sua ronda, tentei por todos os meios atrair sua atenção. Bati nas barras e mostrei-lhe minha boca acintosamente, de modo que ele se dignou a recomeçar o teste. Então, assim que soou o primeiro silvo do apito, e muito antes que ele agitasse a fruta, comecei a salivar, a salivar furiosamente, a salivar freneticamente, eu, Ulysse Mérou, como se minha vida dependesse daquilo, tamanho prazer eu sentia em comprovar-lhe minha inteligência.

A bem da verdade, ele pareceu bastante contrariado, chamou seu colega e confabularam longamente, como na véspera. Eu podia seguir o raciocínio simplista daqueles brutamontes: aqui está um homem que antes não tinha nenhum reflexo e que, de uma hora para outra, adquiriu reflexos condicionados, o que exigia dos demais um tempo e uma paciência consideráveis! Eu sentia pena da debilidade de seu intelecto, que os impedia de atribuir esse progresso à única causa possível: a consciência. Tinha certeza de que Zira teria sido mais perspicaz.

Entretanto, minha sabedoria e meu excesso de zelo tiveram um resultado diferente daquele que eu esperava. Afastaram-se sem me dar a fruta, que um deles trincou. Não valia mais a pena me recompensar, uma vez que o objetivo procurado fora alcançado sem isso.

Voltaram na manhã seguinte com outros equipamentos. Um trazia um sino; o outro empurrava à sua frente, instalado num carrinho, um aparelho que tinha toda a aparência de um gerador. Dessa vez, consciente do tipo de testes a que deveríamos ser submetidos, compreendi o uso que pretendiam fazer daqueles instrumentos antes mesmo que os aplicassem.

Começaram com o vizinho de Nova, um sujeito alto, de olhar particularmente opaco, que se aproximara da grade e segurava as barras com ambas as mãos, como agora fazíamos todos quando os carcereiros passavam. Um dos gorilas pôs-se a agitar o sino, que emitia um som grave, enquanto o outro prendia um cabo do gerador na jaula. Quando o sino já havia badalado por um tempo, o segundo operador começou a rodar a manivela do aparelho. O homem deu um pulo para trás, gritando de aflição.

Recomeçaram diversas vezes aquele procedimento sobre o mesmo indivíduo, que era incitado a agarrar novamente o ferro em troca de uma fruta. O objetivo, eu sabia, era fazê-lo pular para trás assim que percebesse o som do sino e antes da descarga elétrica (ainda um reflexo condicionado), mas não foi alcançado naquele dia, uma vez que o psiquismo do homem não era suficientemente desenvolvido a ponto de lhe permitir estabelecer uma relação de causa e efeito.

Eu, por minha vez, aguardava-os, rindo interiormente, impaciente para fazê-los perceber a diferença entre instinto e inteligência. Ao primeiro som do sino, larguei acintosamente as barras e recuei para o meio da jaula. Ao mesmo tempo, fitava-os e sorria zombeteiramente. Os gorilas franziram o cenho. Não riam mais das minhas reações, e, pela primeira vez, pareceram suspeitar que eu zombava deles.

Em todo caso, estavam prestes a recomeçar o procedimento quando sua atenção foi desviada pela chegada de novos visitantes.

15

Três personagens avançavam pelo acesso: Zira, a macaca chimpanzé, e dois outros macacos, um dos quais era visivelmente uma autoridade ilustre.

Tratava-se de um orangotango: o primeiro dessa espécie que eu via no planeta Soror. Era mais baixo que os gorilas e bastante curvado. Seus braços eram relativamente mais compridos, de maneira que caminhava normalmente apoiando-se nas mãos, o que os outros macacos raramente faziam. Assim, dava-me a estranha impressão de ajudar-se com duas bengalas. Com a cabeça enfeitada por longos pelos ruços caídos nos ombros, o rosto congelado num ar de meditação pedante, pareceu-me um velho pontífice, venerável e solene. Sua roupa também contrastava com a dos demais: uma sobrecasaca preta, cuja lapela estampava uma estrela vermelha, e uma calça listrada branca e preta formavam um conjunto que parecia encardido.

Uma macaca chimpanzé de pequeno porte acompanhava-o, carregando uma pesada pasta. Pela atitude, deveria ser sua secretária. Esses macacos não se surpreendem mais, penso, ao me verem acenar a cada instante com atitudes e expressões significativas. Juro que qualquer criatura racional diante daquele casal teria concluído, como eu, que se tratava de um laureado cientista e de sua humilde secretária. Sua chegada fez com que eu constatasse mais uma vez o sentido de hierarquia que parecia existir entre aqueles símios. Zira demonstrava um respeito evidente pelo chefão. Os dois gorilas correram ao seu encontro assim que o avistaram e o cumprimentaram baixinho. O orangotango dirigiu-lhes um sinalzinho condescendente com a mão.

Eles se dirigiram imediatamente para a minha jaula. Não era eu o assunto mais interessante do grupo? Recebi a autoridade com o meu sorriso mais amistoso e disse em tom enfático:

– Ilustre orangotango, que felicidade ter finalmente diante de mim uma criatura que respira sabedoria e inteligência! Tenho certeza de que nós dois vamos nos entender.

O ilustre ancião estremeceu ao som da minha voz. Coçou longamente a orelha, enquanto seu olho desconfiado inspecionava a jaula, como se farejasse uma farsa. Zira então tomou a palavra, caderno nas mãos, relendo as anotações feitas a meu respeito. Insistia, mas era evidente que o orangotango não se deixava convencer. Pronunciou duas ou três frases de aspecto pomposo, balançou várias vezes os ombros, sacudiu a cabeça, depois pôs as mãos nas costas e deu uma volta pelo corredor, passando e repassando em frente à minha jaula e lançando-me olhares muito pouco benevolentes. Os demais macacos aguardavam suas decisões num silêncio respeitoso.

Esse respeito era aparente, porém, e me pareceu pouco real quando surpreendi um sinal furtivo de um gorila para outro, cujo sentido era bem claro: não davam a mínima para o chefe. Isso, somado ao desapontamento que eu sentia por sua atitude a meu respeito, inspirou-me a ideia de fazer um teatrinho a fim de convencê-lo de minha inteligência. Comecei a andar de um lado para o outro da jaula, imitando seu passo, as costas arqueadas, as mãos nas costas, as sobrancelhas franzidas numa expressão de profunda meditação.

Os gorilas caíram na gargalhada, e a própria Zira não conseguiu manter a seriedade. Quanto à secretária, foi obrigada a enfiar o focinho em sua pasta para dissimular sua hilaridade. Exultei com a minha exibição, até o momento em que percebi que ela era perigosa. Observando minha mímica, o orangotango demonstrou um violento desdém, pronunciando secamente algumas palavras severas que restabeleceram imediatamente a ordem. Então, parou à minha frente e começou a ditar observações à sua secretária.

Foi um ditado longo, pontuado por frases pomposas. Comecei a ficar cheio da sua cegueira e resolvi dar-lhe nova prova das minhas habilidades. Esticando o braço para ele, pronunciei, caprichando o máximo possível:

– Mi Zeius.

Eu observara que seus subalternos dirigiam-se a ele começando por essas palavras. Zeius, eu soube depois, era o nome do pontífice; mi, um título honorífico.

Os macacos ficaram pasmos. Não tinham mais vontade de rir, em particular Zira, que me pareceu extremamente perturbada, sobretudo quando acrescentei, apontando um dedo para ela: Zira, nome que eu igualmente guardara e que só podia ser o dela. Quanto a Zeius, ficou às voltas com um grande nervosismo e começou a perambular pelo corredor, balançando novamente a cabeça com um ar incrédulo.

Enfim mais calmo, deu ordens para me submeterem aos mesmos testes que vinham me impondo desde a véspera. Obedeci docilmente. Salivei ao primeiro toque do apito. Pulei para trás ao som do sino. Obrigou-me a repetir dez vezes esta última operação, ditando intermináveis comentários à sua secretária.

No fim tive uma inspiração. No momento em que o gorila agitava o sino, desconectei a pinça que estabelecia o contato elétrico com a minha grade e joguei o cabo para o lado de fora. Então, não soltei as barras, permanecendo no lugar, enquanto outro guarda, que não observara minha astúcia, digladiava-se por sua vez com a manivela do gerador, agora inofensivo.

Eu estava orgulhoso dessa iniciativa, que seria uma prova irrefutável de sagacidade para qualquer criatura racional. De fato, a atitude de Zira provou-me que ela, pelo menos, ficara profundamente abalada. Olhou para mim com uma intensidade peculiar, e seu focinho de branco passou a cor-de-rosa, o que, eu soube mais tarde, é um sinal de perturbação nos chimpanzés. Mas não havia nada que convencesse o orangotango. Aquele demônio de macaco começou novamente a balançar os ombros de uma maneira desagradável e a sacudir a cabeça com energia quando Zira dirigiu-lhe a palavra. Era um cientista metódico; não pretendia ser ludibriado. Deu outras instruções aos gorilas e aplicaram-me um novo teste, que era uma combinação dos dois primeiros.

Eu já o conhecia. Vi-o realizado com cães, em laboratórios especiais. Tratava-se de, combinando dois reflexos, transtornar o indivíduo, introduzir confusão mental em sua mente. Um dos gorilas lançou-se numa série de toques de apito, promessa de recompensas, enquanto o outro agitava o sino, que anunciava uma punição. Lembrei-me das conclusões de um eminente biólogo a respeito de um teste análogo: era possível, dizia ele, iludindo assim um animal, provocar-lhe desordens emocionais incrivelmente similares à neurose no homem, às vezes até mesmo levá-lo à loucura no caso de uma repetição excessiva do procedimento.

Evitei cair na armadilha; porém, aguçando ostensivamente os ouvidos, primeiro para o apito, depois para o sino, sentei-me a igual distância dos dois, o queixo na mão, na atitude tradicional do pensador. Zira não conseguiu segurar os aplausos. Zeius tirou um lenço do bolso e enxugou a testa.

Transpirava, mas nada conseguia abalar seu estúpido ceticismo. Vi isso escrito na cara dele, após a veemente discussão que teve com a macaca. Ditou outras observações à sua secretária, deu instruções detalhadas a Zira, que as escutou com um ar pouco satisfeito, e terminou por ir embora, após haver me lançado um último olhar antipático.

Zira falou alguma coisa com os gorilas e compreendi rapidamente que ela lhes ordenava que me deixassem em paz pelo menos pelo resto do dia, então eles se foram com seu material. Sozinha, ela voltou até a minha jaula e me examinou novamente, em silêncio, durante um longo minuto. Em seguida, espontaneamente, estendeu-me a pata num gesto amistoso. Peguei-a com emoção, murmurando baixinho seu nome. A vermelhidão que tingiu seu focinho revelou-me que estava profundamente tocada.

16

Zeius voltou alguns dias mais tarde, e sua visita causou um grande tumulto na organização da sala. Mas antes preciso contar como, durante esse lapso de tempo, me destaquei ainda mais aos olhos dos macacos.

No dia seguinte à primeira inspeção do orangotango, uma avalanche de novos testes abatera-se sobre nós: o primeiro, durante a refeição. Em vez de depositarem os alimentos em nossas jaulas, como faziam normalmente, Zoram e Zanam, os dois gorilas cujos nomes eu acabara aprendendo, içaram a comida até o teto dentro de cestas, por meio de um sistema de polias com que as jaulas eram equipadas. Ao mesmo tempo, instalaram quatro cubos de madeira, bem compactos, em cada cela. Em seguida, recuaram e ficaram nos observando.

Dava pena ver a expressão estúpida dos meus companheiros. Tentaram pular, mas nenhum conseguiu alcançar a cesta. Alguns treparam pelas grades, mas, ao chegar em cima, em vão estendiam o braço, não conseguindo pegar a comida, que se achava distante das grades laterais. Eu sentia vergonha da obtusidade daqueles homens. Quanto a mim, convém dizer, encontrara instantaneamente a solução do problema. Bastava empilhar os quatro cubos um sobre o outro, subir naquela estrutura e soltar a cesta. Foi o que fiz, com um ar displicente que dissimulava meu orgulho. Não era genial, mas fui o único a demonstrar tamanha sutileza. A visível admiração de Zoram e Zanam falava direto ao meu coração.

Comecei a comer, sem esconder meu menosprezo pelos outros prisioneiros, que, mesmo depois de ter testemunhado a manobra, eram incapazes de seguir meu exemplo. Nem Nova conseguiu me imitar aquele dia, embora eu houvesse recomeçado diversas vezes meu procedimento para ela acompanhar. Mas pelo menos tentou – era certamente uma das mais inteligentes do lote. Tentou colocar um primeiro cubo em cima de outro, colocou-o desequilibrado, assustou-se com sua queda e foi refugiar-se num canto. Aquela garota, de agilidade e flexibilidade notáveis, cujos gestos eram todos eles harmoniosos, mostrava-se, como os demais, de uma imperícia inconcebível quando se tratava de manipular um objeto. Aprendeu, entretanto, a executar o truque ao final de dois dias.

Aquela manhã, senti pena dela e joguei-lhe duas das frutas mais bonitas através das barras. Esse gesto me valeu uma carícia de Zira, que acabava de entrar. Como um gato, aconcheguei-me sob sua mão peluda, para grande contrariedade de Nova, a quem essas demonstrações deixavam furiosa e que logo começou a se agitar e a gemer.

Triunfei em diversas provas; a mais importante delas foi, escutando com atenção, decorar algumas palavras simples da linguagem símia e compreender seu sentido. Treinava a pronúncia quando Zira passava em frente à minha jaula, parecendo cada vez mais estupefata. Eu estava nesse pé quando aconteceu a nova inspeção de Zeius.

Ele chegou novamente escoltado pela secretária, mas também acompanhado por outro orangotango, solene como ele, condecorado como ele, e conversavam em pé de igualdade. Presumi tratar-se de um colega, convocado para dar um parecer acerca do caso perturbador que eu representava. Entabularam uma longa discussão diante da minha jaula, com Zira, que se juntara a eles. A macaca falou longamente e com veemência. Eu sabia que ela estava defendendo a minha causa, destacando minha acuidade excepcional, que era inconteste. Sua intervenção não teve outro resultado senão provocar um sorriso de incredulidade nos dois cientistas.

Ainda fui incitado, na presença deles, a passar mais uma vez pelos testes em que me mostrara tão astuto. O último consistia em abrir uma caixa fechada com nove sistemas diferentes (ferrolho, parafuso, chave, gancho, etc.). Na Terra, Kinnaman, se não me engano, inventara um dispositivo semelhante para avaliar o discernimento dos macacos, e esse problema era o mais complicado que alguns teriam conseguido resolver. Devia dar-se o mesmo aqui, com os homens. Salvei a minha honra, após algumas apalpadelas.

Foi Zira quem me entregou a caixa, e compreendi, pela sua expressão de súplica, que desejava ardentemente me ver realizar uma brilhante demonstração, como se sua própria reputação dependesse do teste. Esforcei-me para satisfazê-la e fiz os nove mecanismos funcionarem num piscar de olhos, sem nenhuma hesitação. Não me limitei a isso. Retirei a fruta que a caixa continha e a ofereci galantemente à macaca. Ela aceitou-a, ruborizando. Em seguida, exibi todos os meus conhecimentos e pronunciei as poucas palavras que aprendera, apontando para os objetos correspondentes com o dedo.

Com essa proeza, parecia-me impossível que ainda pudessem ter dúvidas acerca de minha verdadeira condição. Ai de mim, ainda não conhecia a cegueira dos orangotangos! Esboçaram novamente aquele sorriso cético que me deixava furioso, mandaram Zira calar-se e recomeçaram a discutir entre si. Haviam me escutado como quem escuta um papagaio. Percebi que chegavam a um consenso, atribuindo meus talentos a uma espécie de instinto e a uma grande aptidão à imitação. Eles haviam provavelmente adotado a regra científica que um cientista dos nossos assim resumia: *"In no case may we interpret an action as the outcome of the exercise of a higher psychical faculty if it can be interpreted as an outcome of one which stands lower in the psychological scale"*.[*]

Esse era o sentido evidente de seu jargão, e comecei a espumar de raiva. Teria explodido caso não houvesse flagrado uma olhadela de Zira. Era patente que ela não concordava com eles, sentindo-se envergonhada ao ouvi-los dizer aqueles coisas na minha frente.

---

* "Não devemos em hipótese alguma interpretar um ato como a consequência do exercício de uma elevada faculdade psíquica, se esse ato puder ser interpretado como ditado por uma faculdade situada abaixo daquela na escala psicológica." (C. L. Morgan)

* * *

Depois que seu colega foi embora, provavelmente após haver emitido uma opinião categórica a meu respeito, Zeius promoveu outros testes. Deu uma volta pelo aposento, examinando minuciosamente cada um dos cativos e dando novas instruções a Zira, que as anotava à medida que as ouvia. Seus gestos pareciam pressagiar numerosas mudanças na ocupação das jaulas. Não demorei a compreender seu plano e o sentido das comparações que ele estabelecia entre determinadas características de tal homem ou as de tal mulher.

Eu não havia me enganado. Os gorilas executavam agora as ordens do grande chefe, depois que Zira as transmitira. Fomos organizados em duplas. Que testes diabólicos essa organização em pares anunciava? Que particularidades da raça humana esses símios desejavam estudar, com seu furor empírico? Meu conhecimento acerca dos laboratórios biológicos me sugeriu a resposta: para um erudito que tem como área de investigação o instinto e os reflexos, o instinto sexual apresenta um interesse primordial.

Era isto! Aqueles demônios queriam estudar em nós, em mim, que me via misturado ao rebanho pela extravagância do destino, as práticas amorosas dos homens, os métodos de aproximação do macho e da fêmea, as maneiras como copulavam em cativeiro, para talvez compará-las com observações anteriores sobre os mesmos homens em liberdade. Será que também pretendiam fazer experimentos de genética?

Assim que entendi seus planos, senti-me humilhado como jamais havia sido e jurei preferir morrer a me prestar àqueles procedimentos degradantes. Entretanto, minha vergonha viu-se reduzida em notáveis proporções, sou obrigado a admitir, embora minha resolução permanecesse firme, quando vi a mulher que a ciência me designara como companheira. Era Nova. Por pouco não me inclinei a perdoar a estupidez e a cegueira do velho bugre e não protestei em absoluto quando Zoram e Zanam, tendo me agarrado à força, me atiraram aos pés da ninfa da cachoeira.

17

Não irei esmiuçar as cenas que se desenrolaram nas jaulas nas semanas que se seguiram. Como eu presumira, os macacos haviam enfiado na cabeça estudar o comportamento amoroso dos humanos e aplicavam nessa tarefa seu método de praxe, anotando as menores circunstâncias, empenhando-se em provocar as aproximações, às vezes interferindo com suas varas para chamar à razão um indivíduo recalcitrante.

Eu mesmo começara a tomar notas, pensando em dar um tempero à reportagem que esperava publicar no meu retorno à Terra; mas logo me cansei, não achando nada realmente picante para deitar no papel; nada, claro, a não ser a maneira como o homem cortejava a mulher antes de aproximar-se dela. Ele entregava-se a uma coreografia bem similar à praticada por certas aves, uma espécie de dança lenta, hesitante, composta de passos para trás, para a frente e laterais. Movia-se assim descrevendo um círculo que ia se estreitando, um círculo cujo centro era ocupado pela mulher, que se contentava em rodopiar sem se deslocar. Assisti com interesse a várias exibições desse tipo, cujo ritual essencial era sempre o mesmo, os detalhes às vezes podendo variar. Quanto ao acoplamento que concluía essas preliminares, embora no início eu estivesse um tanto pasmo por ser sua testemunha, consegui bem rápido não lhe dar mais atenção que os outros prisioneiros. A única excentricidade nessas exibições era a gravidade científica com que os macacos as acompanhavam, registrando minuciosamente o desenrolar em seus cadernos.

Foi outro escândalo quando, percebendo que eu não me entregava àqueles embates – eu jurara, e nada conseguiu fazer com que eu me oferecesse assim em espetáculo –, os gorilas enfiaram na cabeça obrigar-me àquilo pela força e começaram a me desferir varadas, a mim,

Ulysse Mérou, um homem criado à imagem da divindade! Eu me rebelava com energia. Aqueles brutos não queriam ouvir nada e não sei o que teria acontecido comigo sem a chegada de Zira, a quem relataram minha má vontade.

Ela refletiu longamente, depois se aproximou de mim, fitando-me com seus belos olhos inteligentes, e começou a dar tapinhas na minha nuca dirigindo-se a mim numa linguagem que eu imaginava desta forma:

"Pobre homenzinho", ela parecia dizer. "Como você é estranho! Nunca vimos um dos seus comportar-se dessa forma. Olhe para os outros à sua volta. Faça o que lhe pedem e será recompensado."

Pegou um torrão de açúcar no bolso e me estendeu. Eu estava desesperado. Então ela também me considerava um animal, um pouco mais inteligente que os outros, talvez. Balancei a cabeça com uma expressão de fúria e fui me deitar num canto da jaula, longe de Nova, que me observava com um olhar de incompreensão.

O caso não teria ido adiante se o velho Zeius não houvesse aparecido nesse instante, mais pretensioso que nunca. Viera verificar o resultado de seus testes e antes de tudo informou-se a meu respeito, como era seu costume. Zira foi obrigada a deixá-lo a par do meu caráter recalcitrante. Pareceu bastante contrariado, passeou durante um minuto com as mãos nas costas, em seguida deu ordens imperiosas. Zoram e Zanam abriram minha jaula, levaram Nova e trouxeram em seu lugar uma matrona de idade madura. Aquele Zeius pedante, todo impregnado de método científico, decidira promover o mesmo teste usando outro indivíduo.

Isso não era o pior e eu nem sequer continuava a pensar em minha triste sorte. Seguia com olhos angustiados minha amiga Nova. Horrorizado, vi-a ser confinada na jaula defronte à minha, lançada como repasto para um homem espadaúdo, uma espécie de colosso de peito hirsuto, que logo se pôs a dançar em torno dela, encetando freneticamente a sedução amorosa que descrevi.

Assim que percebi a estratégia daquele idiota, esqueci minhas sensatas resoluções. Perdi a cabeça e me entreguei mais uma vez ao desespero. Na verdade, estava literalmente louco de raiva. Berrei, ululei à maneira dos homens de Soror. Manifestei minha fúria como eles, lançando-me contra as barras, mordendo-as, babando, rangendo os dentes, comportando-me, em suma, da maneira mais bestial.

E o mais surpreendente de tudo isso foi seu resultado inesperado. Vendo-me agir assim, Zeius sorriu. Era a primeira marca de benevolência que me concedia. Enfim reconhecera o estilo dos homens e se achava em terreno familiar. Sua tese triunfava. Achava-se em tão boa disposição que consentiu, a uma observação de Zira, em voltar atrás em suas ordens e me dar uma última chance. Pouparam-me da pavorosa matrona, e Nova me foi devolvida, antes que o brutamontes a tocasse. O grupo dos macacos então recuou e puseram-se todos a me espiar a certa distância.

Que posso acrescentar? Aquelas emoções haviam destruído minha resistência. Eu sentia que não poderia suportar a visão da ninfa entregue a outro homem. Resignei-me covardemente à vitória do orangotango, que agora ria de sua astúcia. Esbocei um tímido passo de dança.

Sim! Eu, um dos reis da criação, comecei a rodopiar em torno da minha beldade. Eu, a derradeira obra-prima de uma evolução milenar, perante todos aqueles macacos reunidos a me observar com ansiedade, perante um velho orangotango que ditava comentários à sua secretária, perante um chimpanzé fêmea que sorria com ar complacente, perante dois gorilas sarcásticos, eu, um homem, invocando a desculpa das circunstâncias cósmicas excepcionais, plenamente convencido naquele instante de que existem mais coisas nos planetas e no céu do que jamais sonhou a filosofia humana, eu, Ulysse Mérou, dei início, à maneira dos pavões, em torno da maravilhosa Nova, à dança do amor.

PARTE DOIS

01

Preciso agora confessar que me adaptei com uma facilidade incrível às condições de vida em minha jaula. Do ponto de vista material, eu vivia numa felicidade perfeita: durante o dia, os macacos dispensavam-me todos os cuidados; à noite, eu partilhava a enxerga de palha com uma das garotas mais espetaculares do cosmo. Acostumei-me tão bem à situação que, durante mais de um mês, sem sentir sua extravagância nem o que tinha de degradante, não fiz nenhum esforço sério para pôr um termo naquilo. Mal aprendi mais umas poucas palavras da linguagem símia. Não continuei com minhas tentativas de estabelecer comunicação com Zira, de maneira que ela, se tivera um lampejo de intuição acerca de minha natureza espiritual, devia ter sido persuadida por Zeius a me considerar um homem de seu planeta, isto é, um animal; um animal inteligente, talvez, mas de forma alguma intelectual.

Minha superioridade sobre os outros prisioneiros, que eu não ostentava mais a ponto de surpreender os guardas, fazia de mim o primeiro da classe no estabelecimento. Essa distinção, confesso para vergonha minha, bastava para minha ambição presente, chegando a me deixar inchado de orgulho. Zoram e Zanam demonstravam-me amizade, sentindo prazer em me ver sorrir, rir e pronunciar algumas palavras. Após terem esgotado comigo todos os testes clássicos, se esforçaram para inventar outros, mais sutis, e nos divertíamos juntos quando eu desvendava a solução do problema. Nunca deixavam de me trazer alguma gulodice, que eu sempre dividia com Nova. Éramos um casal privilegiado. Eu tinha a presunção de julgar que minha companheira se dava conta de tudo que devia a meus talentos e passava parte do meu tempo vangloriando-me para ela.

Um dia, entretanto, após várias semanas, senti uma espécie de enjoo. Seria o reflexo na íris de Nova que me parecera, aquela noite, particularmente inexpressivo? Seria o torrão de açúcar com que Zira acabava de me recompensar e que sutilmente adquiria um gosto amargo? O fato é que ruborizei pela minha covarde resignação. O que pensaria de mim o professor Antelle, se por acaso ainda vivesse e me encontrasse naquele estado? Essa ideia logo se tornou insuportável para mim e decidi prontamente passar a me comportar como homem civilizado. Acariciando o braço de Zira como forma de agradecimento, apoderei-me de seu caderno e de sua caneta. Enfrentei suas carinhosas admoestações, e, sentando-me na palha, comecei a traçar a silhueta de Nova.

Sou excelente desenhista e, com o modelo me inspirando, consegui fazer um croqui razoável, que estendi para a macaca.

Isso logo reavivou sua perturbação e sua incerteza a meu respeito. Seu focinho ficou vermelho, e ela começou a me avaliar com o olhar, tremendo um pouco. Como permanecia atônita, peguei de novo com autoridade o caderno, que ela me entregou dessa vez sem protestar. Por que eu não utilizara antes aquele método tão simples? Reunindo minhas lembranças escolares, tracei a figura geométrica que ilustra o teorema de Pitágoras. Não foi por acaso que escolhi essa proposição. Lembrava-me de haver lido em minha mocidade um livro de ficção científica em que um procedimento desse tipo era usado por um velho cientista para entrar em contato com inteligências de outro mundo. Eu inclusive discutira o assunto, durante a viagem, com o professor Antelle, que aprovava aquele método. Ele chegara a acrescentar, eu me lembrava muito bem, que as regras de Euclides, sendo completamente falsas, deviam, em virtude disso, ser universais.

Em todo caso, o efeito sobre Zira foi extraordinário. Seu focinho ficou roxo, e ela deixou escapar uma veemente exclamação. Só se recuperou quando Zoram e Zanam aproximaram-se, intrigados com sua atitude. Então, ela teve uma reação que me pareceu curiosa, após haver me lançado uma olhadela furtiva: escondia sorrateiramente os desenhos que eu acabava de traçar. Falou com os gorilas, que deixaram a sala, e compreendi que os afastava por um pretexto qualquer. Em seguida, voltou-se para mim e pegou minha mão, a pressão de seus dedos tendo uma significação bem diferente das ocasiões em que ela me enaltecia como jovem animal, após alguma astúcia de minha parte. Apresentou-me finalmente o caderno e a caneta com um ar de súplica.

Era ela, agora, quem se mostrava ansiosa para estabelecer contato. Agradeci a Pitágoras e segui adiante na via geométrica. Numa página do caderno, desenhei o melhor que pude as três cônicas, com seus eixos e núcleos: uma elipse, uma parábola e uma hipérbole. Depois, na página contígua, tracei um cone de revolução. Lembro aqui que a interseção de um corpo desse tipo num plano compõe uma das três cônicas, dependendo do ângulo de corte. Fiz a figura no caso da elipse e, voltando ao meu primeiro desenho, apontei com o dedo a curva correspondente para minha macaca extasiada.

Ela arrancou o caderno de minhas mãos, traçou por sua vez outro cone, cortado por um plano sob um ângulo diferente, e apontou a hipérbole com seu dedo comprido. Vi-me abalado por uma emoção tão intensa que lágrimas me vieram aos olhos e apertei suas mãos convulsivamente. Nova grunhiu raivosamente no fundo da jaula. Seu instinto não a enganava quanto ao sentido daquelas efusões. Era uma comunhão espiritual que acabava de se estabelecer entre mim e Zira, intermediada pela geometria. Eu sentia uma satisfação quase sensual e sabia que a macaca estava profundamente perturbada também.

Ela se desvencilhou com um gesto brusco e saiu correndo da sala. Sua ausência não durou muito tempo; porém, durante esse intervalo, fiquei mergulhado num sonho, sem me atrever a olhar para Nova, por quem tinha quase um sentimento de culpa e que zanzava ao meu redor rosnando.

Quando Zira voltou, estendeu-me uma grande folha de papel, presa numa prancheta de desenho. Refleti por uns segundos e resolvi arriscar uma cartada decisiva. Num canto da folha, representei o sistema de Betelgeuse, tal como o havíamos vislumbrado à nossa chegada, com o astro central gigante e seus quatro planetas. Dispus Soror na posição exata, com um pequeno satélite; mostrei-o com o dedo para Zira, depois apontei o indicador para ela, com insistência. Ela fez sinal para mim de que havia compreendido perfeitamente.

Então, num outro ângulo da folha, desenhei meu velho sistema solar, com seus planetas principais. Indiquei a Terra e voltei o dedo para o meu próprio peito.

Dessa vez, Zira hesitou em compreender. Apontou igualmente para a Terra, depois dirigiu o dedo para o céu.

Fiz um sinal afirmativo. Ela estava paralisada, e uma ruminação laboriosa operava-se nela. Ajudei-a como pude, traçando outra linha pontilhada desde a Terra até Soror e representando nossa nave, em uma escala diferente, sobre a trajetória. Isso foi para ela um raio de luz. Eu agora tinha certeza de que minha verdadeira natureza e minha origem eram de seu conhecimento. Fez nova menção de se aproximar de mim, mas nesse instante Zeius apareceu no fim do corredor para sua inspeção periódica.

A macaca esboçou um olhar aterrado. Enrolou rapidamente a folha de papel, guardou o caderno no bolso e, antes que o orangotango se aproximasse, levou o indicador à boca num gesto de súplica. Recomendava que eu não me desmascarasse para Zeius. Obedeci-lhe, sem compreender a razão daqueles mistérios, e, acreditando contar com uma aliada, reassumi minha atitude de animal sem inteligência.

02

A partir desse momento, graças a Zira, meu conhecimento do mundo e da linguagem dos macacos fez rápidos progressos. Diariamente ela dava um jeito de ficar a sós comigo, a pretexto de testes específicos, e comprometeu-se a cuidar de minha educação, ensinando-me sua língua e ao mesmo tempo aprendendo a minha com uma rapidez assombrosa. Em menos de dois meses, achávamo-nos em condições de manter uma conversa sobre assuntos bem diversos. Desvendei pouco a pouco o espírito do planeta Soror, e são as características dessa civilização que pretendo descrever agora.

Assim que conseguimos nos comunicar, Zira e eu, foi para o assunto principal de minha curiosidade que orientei a conversa. Os macacos eram as únicas criaturas pensantes, os reis da criação no planeta?

– O que você acha? – ela disse. – O macaco é, naturalmente, a única criatura racional, a única que possui alma e corpo ao mesmo tempo. Os mais materialistas de nossos cientistas reconhecem a essência sobrenatural da alma simiesca.

Frases como essa sempre faziam-me sobressaltar.

– Ora, Zira, o que são os homens?

Falávamos em francês, pois, como eu disse, ela se mostrou mais apta a aprender minha língua que eu a sua, e o tratamento informal fora instintivo. Houve realmente, no início, algumas dificuldades de interpretação, as palavras "macaco" e "homem" não evocando para nós as mesmas criaturas; mas esse inconveniente logo foi solucionado. Sempre que ela pronunciava "macaco", eu traduzia como "ser superior", "topo da evolução". Quando ela falava dos homens, eu sabia que se tratava de criaturas bestiais, dotadas de uma certa faculdade de imitação, apresentando algumas analogias anatômicas com os macacos, mas com um psiquismo embrionário e desprovido de consciência.

– De um século para cá – ela declarou num tom doutoral –, fizemos progressos notáveis no conhecimento das origens. Antigamente, acreditava-se que as espécies eram imutáveis, criadas com suas características atuais por um Deus todo-poderoso. Mas uma linhagem de grandes pensadores, todos chimpanzés, mudou completamente nossas ideias a esse respeito. Sabemos que provavelmente todas elas tiveram uma raiz comum.

– O macaco descenderia do homem?

– Alguns apostam nisso; mas não é exatamente isso. Macacos e homens são ramos diferentes, que evoluíram, a partir de determinado ponto, em direções divergentes, os primeiros alçando-se pouco a pouco até a consciência, os outros estagnando em sua animalidade. Muitos orangotangos, aliás, ainda teimam em negar essa evidência.

– Você disse, Zira... uma linhagem de grandes pensadores, todos chimpanzés!

Conto essas conversas tais como se deram, atropeladamente; minha sede de aprender levando Zira a numerosas e longas digressões.

– Quase todas as grandes descobertas – ela afirmou com veemência – foram feitas por chimpanzés.

– Haveria castas entre os macacos?

– Há três famílias distintas, você deve ter notado, cada uma delas com características próprias: os chimpanzés, os gorilas e os orangotangos. As barreiras raciais, que existiam em outros tempos, foram abolidas, e as polêmicas que suscitavam, apaziguadas, graças principalmente às campanhas realizadas pelos chimpanzés. Hoje, *a priori*, não existem mais diferenças entre nós.

– Mas a maioria das grandes descobertas – insisti – foi realizada por chimpanzés.

– Isso é um fato.

– E os gorilas?

– São comedores de carne – ela disse com desdém. – Eram eles que mandavam antigamente, e muitos preservaram a inclinação pelo poder. Gostavam de organizar e comandar. Adoram a caça e a vida ao ar livre. Os mais pobres alistam-se para trabalhos que exigem força física.

– E quanto aos orangotangos?

Zira olhou para mim por um instante, depois caiu na risada.

– Eles são a ciência oficial – ela disse. – Você já constatou isso e terá muitas outras oportunidades de comprová-lo. Eles aprendem um manancial de coisas nos livros. Tudo decorado. Alguns são considerados luminares em disciplinas superespecíficas, que exigem uma supermemória. Quanto ao resto...

Fez um gesto de desprezo. Não insisti no assunto, planejando voltar a ele mais tarde. Dirigi a conversa para noções mais genéricas. A meu pedido, ela desenhou a árvore genealógica do macaco, tal como os melhores especialistas a haviam reconstituído. Lembrava muito os esquemas que ilustram o processo evolutivo entre nós. De um tronco, que em sua base se perdia no desconhecido, diversos galhos destacavam-se sucessivamente: vegetais, organismos unicelulares, depois celenterados, equinodermos; mais acima, chegava-se aos peixes, aos répteis e aos mamíferos. A árvore prolongava-se com uma classe análoga à dos nossos antropoides. Nesse ponto, destacava-se um novo ramo: o dos homens. Este logo se interrompia, ao passo que o caule central continuava a subir, dando origem a diferentes espécies de macacos pré-históricos de nomes bárbaros, para finalmente atingir o *Simius sapiens*, representado pelos três vértices da evolução: o chimpanzé, o gorila e o orangotango. Era claríssimo.

– O cérebro do macaco – concluiu Zira – desenvolveu-se, complicou-se e organizou-se, enquanto o do homem não sofreu transformação.

– E por que, Zira, o cérebro dos símios desenvolveu-se dessa forma?

A linguagem certamente havia sido um fator essencial. Mas por que os macacos falavam e os homens, não? As opiniões dos cientistas divergiam quanto a esse ponto. Alguns atribuíam o fato a uma misteriosa intervenção divina. Outros sustentavam que a inteligência do macaco resultava de ele possuir quatro mãos ágeis.

– Com apenas duas mãos, dedos curtos e desajeitados – disse Zira –, é provável que o homem já nasça deficiente, incapaz de progredir e adquirir um conhecimento preciso do universo. Em virtude dessa anomalia, nunca foi capaz de usar uma ferramenta com destreza... Oh! é possível que tenha tentado, desastradamente, em outros tempos... Encontramos vestígios curiosos. Diversas escavações vêm sendo efetuadas neste exato momento. Se tem interesse por esses assuntos, vou apresentá-lo um dia a Cornelius. Ele é muito mais qualificado que eu para discutir isso.

– Cornelius?

– Meu noivo – disse Zira, ruborizando. – Um grande, um verdadeiro cientista.

– Um chimpanzé?

– Naturalmente... Sim – concluiu –, da minha parte sou da seguinte opinião: o fato de sermos quadrúmanos é um dos fatores mais importantes de nossa evolução espiritual. Isso nos serviu em primeiro lugar para subirmos nas árvores, concebendo assim as três dimensões do espaço, ao passo que o homem, pregado no solo devido a uma má-formação física, adormecia no plano. Adquirimos traquejo com as ferramentas porque tínhamos a possibilidade de manipulá-las com habilidade. Seguiram-se os artefatos, e foi assim que alcançamos a sabedoria.

Na Terra, eu ouvira muita gente invocando argumentos opostos para explicar a superioridade do homem. Pensando bem, todavia, o raciocínio de Zira não me pareceu nem mais nem menos convincente que o nosso.

Eu bem que gostaria de ter prosseguido aquela conversa, e ainda tinha mil perguntas a fazer, quando fomos interrompidos por Zoram e Zanam, que traziam a refeição da noite. Zira desejou-me uma boa-noite furtivamente e saiu.

Permaneci na minha jaula com Nova, minha única companhia. Tínhamos terminado de comer. Os gorilas haviam se retirado depois de apagarem as luzes, exceto uma na entrada, que espalhava uma claridade fraca. Eu olhava para Nova, fazendo um balanço do que aprendera naquele dia. Era patente que ela não gostava de Zira e que tinha aversão àquelas entrevistas. No início, inclusive, protestara do seu jeito e tentara interpor-se entre mim e a macaca, saltitando na jaula, arrancando chumaços de palha e atirando-os na cabeça da intrusa. Tive que ser enérgico para fazê-la sossegar. Após ter recebido alguns tabefes sonoros em sua delicada pele, ela terminara por se acalmar. Eu me entregara àquela atitude brutal quase sem refletir; em seguida, senti remorsos, mas ela parecia não guardar rancor.

O esforço intelectual que eu fizera para assimilar as teorias evolucionistas símias deixara-me deprimido. Fiquei contente quando vi Nova aproximar-se de mim na penumbra e, à sua maneira, solicitar as carícias semi-humanas, semianimais cujo código havíamos pouco a pouco elaborado; código peculiar, cujos detalhes pouco importam, feito de deveres e concessões recíprocas aos costumes do mundo civilizado e aos costumes daquela humanidade insólita que povoava o planeta Soror.

03

Era um grande dia para mim. Cedendo aos meus pedidos, Zira dispusera-se a me retirar do Instituto Superior de Estudos Biológicos – era o nome do estabelecimento – e me levar para dar uma volta na cidade.

Só se resolvera a isso após longas hesitações. Precisei de tempo para convencê-la plenamente de minha origem. Embora ela admitisse a evidência quando estava comigo, depois voltava a duvidar. Eu me colocava em seu lugar. Só lhe restava ficar profundamente chocada com a minha descrição dos homens e, sobretudo, dos macacos da nossa Terra. Mais tarde, confessou que preferira durante muito tempo considerar-me um feiticeiro ou um charlatão a aceitar minhas afirmações. Porém, diante dos detalhes e provas que eu acumulava, terminou acreditando piamente em mim, e até mesmo a fazer planos para me devolver a liberdade, o que não era fácil, como me explicou naquele mesmo dia. Nesse meio-tempo, veio me pegar no início da tarde para um passeio.

Senti meu coração disparar ao pensar no ar livre que me esperava, mas meu entusiasmo viu-se um pouco frustrado quando percebi que seria mantido na coleira. Os gorilas retiraram-me da jaula, fecharam a porta no nariz de Nova e passaram uma coleira de couro no meu pescoço, à qual estava presa uma sólida corrente. Zira pegou a outra ponta e me arrastou, enquanto um pungente uivo de Nova apertava meu coração. Mas, quando manifestei um pouco de pena dela, dirigindo-lhe um aceno amistoso, a macaca não gostou e me puxou pelo pescoço sem cerimônia. Depois que se convencera de que eu tinha espírito de macaco, minha intimidade com aquela garota a contrariava e chocava.

Seu mau humor desapareceu quando ficamos a sós num corredor deserto e escuro.

– Suponho – ela disse, rindo – que os homens da Terra não estejam acostumados a ser mantidos assim na coleira e puxados por um macaco...

Assegurei-lhe que não estavam acostumados. Ela se desculpou, explicando-me que, embora alguns homens domesticados pudessem ser levados para passear na rua sem causar escândalo, era normal eu andar preso. No futuro, se me mostrasse realmente dócil, não seria impossível que ela pudesse passear comigo sem amarras.

E, esquecendo em parte minha real condição, como lhe acontecia com frequência, fez-me mil recomendações que me humilharam profundamente.

– Principalmente, não se atreva a olhar para os passantes mostrando-lhes os dentes, ou a arranhar uma criança travessa que faça menção de acariciá-lo. Não quis colocar uma focinheira, mas... – Parou e caiu na risada.

– Perdão! Perdão! – exclamou. – Esqueço sempre que você tem espírito, como um macaco.

Deu-me um tapinha amistoso como forma de pedir perdão. Sua alegria dissipou meu mau humor nascente. Eu gostava de ouvi-la rir. A impotência de Nova em manifestar-se daquela forma fazia-me às vezes suspirar. Eu partilhava o bom humor da macaca. Na penumbra do vestíbulo, praticamente não discernia seus traços, mal via a ponta branca do focinho. Ela vestira, para sair, um *tailleur* elegante e um gorro de colegial que escondia suas orelhas. Esqueci por um instante sua condição símia e dei-lhe o braço. Ela achou meu gesto natural e assentiu. Demos alguns passos assim, aconchegados um no outro. Na extremidade do corredor iluminado por uma janela lateral, ela retirou vivamente a mão e me repeliu. Séria de novo, puxou a corrente.

– Você não deve se comportar assim – disse ela, um tanto chateada. – Em primeiro lugar, estou noiva e...

– Noiva!

A incoerência daquela observação a propósito da minha intimidade saltou a seus olhos ao mesmo tempo que aos meus. Ela recobrou-se, focinho vermelho.

– O que quero dizer é que ninguém deve suspeitar da sua natureza. Isso é do seu interesse, confie em mim.

Resignei-me e deixei que me arrastasse com docilidade. Saímos. O porteiro do instituto, um grande gorila vestindo uniforme, deixou-nos passar, observando-me com curiosidade após haver cumprimentado Zira. Na calçada, vacilei um pouco, aturdido pelo movimento e deslumbrado com o brilho de Betelgeuse, após mais de três meses de confinamento. Aspirei o ar tépido com toda a força de meus pulmões; ao mesmo tempo, sentia vergonha de estar nu. Acostumara-me a isso na jaula, mas, ali, achava ridículo e indecente, aos olhos dos transeuntes-macacos que me observavam com insistência. Zira recusara-se categoricamente a me vestir, argumentando que eu teria ficado ainda mais ridículo de roupa, parecendo um daqueles homens amestrados exibidos nos circos. Ela provavelmente tinha razão. De fato, se os passantes se voltavam, certamente era porque eu era um homem, e não um homem nu, uma espécie que despertava nas ruas o mesmo tipo de curiosidade que um chimpanzé numa cidade francesa. Os adultos seguiam adiante depois de uma risadinha. Alguns macacos aglomeraram-se atrás de mim, fascinados com o espetáculo. Zira me puxou rapidamente para o seu carro, fazendo-me sentar no banco de trás, instalou-se no lugar do motorista e dirigiu devagarinho pelas ruas.

Agora, não tinha outra opção a não ser me resignar de que a cidade – capital de uma importante região simiesca –, que eu apenas entrevira na minha chegada, era povoada por macacos pedestres, macacos motoristas, macacos lojistas, macacos atarefados e macacos de uniforme encarregados da manutenção da ordem. Afora isso, não me causou nenhuma impressão extraordinária. As casas eram iguais às nossas; as ruas sujas, como as nossas ruas. O tráfego era menos congestionado que o nosso. O que mais me impressionou foi a maneira como os pedestres atravessavam as ruas. Não havia faixas para eles, mas passarelas aéreas, na forma de uma treliça metálica com malhas largas, à qual se agarravam com suas quatro mãos. Todos calçavam luvas de couro flexível, que não tolhiam a preensibilidade.

Depois de passear um bocado comigo, de maneira a me dar uma ideia do conjunto da cidade, Zira estacionou seu carro em frente a uma grade alta, através da qual era possível ver canteiros de flores.

– O parque – ela me disse. – Vamos poder caminhar um pouco. Eu gostaria de ter lhe mostrado outras coisas, nossos museus, por exemplo, que são magníficos; mas isso ainda não é possível.

Afirmei-lhe que havia adorado esticar as pernas.

– E depois – ela acrescentou –, aqui ficaremos tranquilos. Há pouca gente e é hora de termos uma conversa séria.

04

– Acho que você não se dá conta dos perigos que corre entre nós...

– Já conheci alguns; mas penso que, se eu me desmascarasse, e posso fazê-lo agora fornecendo provas, os macacos poderiam adotar-me como irmão espiritual.

– É aí que você se engana. Escute...

Passeávamos pelo parque. As alamedas estavam quase desertas e não havíamos encontrado senão alguns casais de namorados, em quem minha presença despertava apenas uma breve curiosidade. Eu, em contrapartida, observava-os despudoradamente, determinado a não deixar escapar nenhuma oportunidade de me instruir sobre os costumes símios.

Caminhavam com passos miúdos, enlaçando-se pela cintura, o comprimento de seus braços fazendo desse enlace uma rede cerrada e complicada. Volta e meia paravam na curva de uma alameda para trocar beijos. Às vezes também, após haverem lançado um olhar furtivo ao redor, agarravam os galhos baixos de uma árvore e deixavam o solo. Faziam isso sem separar-se, ajudando-se mutuamente com um pé e uma mão, com uma facilidade de dar inveja, e logo desapareciam na folhagem.

– Escute – disse Zira. – Sua escuna – eu lhe havia explicado em detalhe como havíamos chegado ao seu planeta –, sua escuna foi descoberta; pelo menos o que restava dela após a pilhagem. Ela excita a curiosidade dos pesquisadores. Reconheceram que não pode ter sido fabricada por nós.

– Vocês constroem máquinas parecidas?

– Não tão aperfeiçoadas. Pelo que você me contou, ainda estamos muito atrasados em relação a vocês. De toda forma, já colocamos satélites artificiais na órbita do nosso planeta, o último até levava um ser vivo: um homem. Tivemos que destruí-lo em pleno voo, na impossibilidade de recuperá-lo.

– Percebo – eu disse, pensativo. – Vocês também usam homens para esse tipo de experiência.

– Ainda bem... Então, seu foguete foi descoberto.

– E nossa nave, que orbita há dois meses ao redor de Soror?

– Não ouvi nada sobre isso. Deve ter escapado aos nossos astrônomos; mas não me interrompa a todo instante. Alguns dos nossos cientistas sugeriram a hipótese de que o dispositivo venha de outro planeta e de que ele seja habitado. Não conseguem saber mais que isso nem imaginar que seres inteligentes tenham a forma humana.

– Mas é preciso dizer-lhes, Zira! – exclamei. – Já estou cheio de viver preso, mesmo na mais confortável das jaulas, mesmo aos seus cuidados. Por que me esconde? Por que não revelar a verdade a todos?

Zira parou, olhou à nossa volta e pôs a mão no meu braço.

– Por quê? É unicamente no seu interesse que ajo dessa forma. Conhece Zeius?

– Claro. Eu queria lhe falar sobre ele. E daí?

– Reparou no efeito que seus primeiros testes de manifestação racional produziram sobre ele? Sabe que tentei cem vezes sondá-lo a seu respeito e sugerir, com muita cautela, que talvez você não fosse um animal, apesar das aparências?

– Vi que vocês tinham longas discussões e que não concordavam.

– Ele é teimoso como uma mula e estúpido como um homem! – explodiu Zira. – Infelizmente esse é o caso de quase todos os orangotangos. Ele decretou de uma vez por todas que seus talentos explicam-se por um instinto animal bastante desenvolvido, e nada irá fazê-lo mudar de opinião. A desgraça é que ele já preparou uma longa tese sobre o seu caso, na qual demonstra que você é um homem amestrado, isto é, um homem que foi ensinado a realizar determinados atos sem compreendê-los, provavelmente durante um cativeiro anterior.

– Animal estúpido!

– Com certeza. Por outro lado, representa a ciência oficial e é poderoso. É uma das mais eminentes autoridades do instituto, e todos os meus relatórios passam por ele. Estou convicta de que ele me acusaria de heresia científica se eu tentasse revelar a verdade sobre seu caso, como você deseja. Eu seria demitida. Isso não é nada, mas sabe o que poderia lhe acontecer?

– Que destino é mais lastimável que a vida numa jaula?

– Ingrato! Então não sabe que tive que usar de toda a minha astúcia para impedir Zeius de transferi-lo para o setor encefálico? Nada deterá Zeius caso você insista em revelar-se uma criatura consciente.

– O que é o setor encefálico? – perguntei, alarmado.

– É lá que realizamos as cirurgias mais delicadas do cérebro: enxertos; pesquisa e alteração dos centros nervosos; ablação parcial e até mesmo total.

– E vocês realizam esses experimentos com homens!

– Naturalmente. O cérebro do homem, como toda a sua anatomia, é o que mais se aproxima do nosso. É uma sorte a natureza ter colocado à nossa disposição um animal no qual podemos estudar nosso próprio corpo. O homem é útil para muitas outras de nossas pesquisas, que você conhecerá aos poucos... Neste exato momento, executamos uma série extremamente importante.

– E que necessita de abundante material humano.

– Abundante. Isso explica essas caçadas que empreendemos na selva para nos reabastecer. Infelizmente são gorilas que as organizam e não podemos impedi-los de se entregar a seu divertimento favorito, que é o tiro de fuzil. Um grande número de indivíduos viu-se dessa forma perdido para a ciência.

– É realmente uma pena – admiti, mordendo o beiço. – Mas, voltando a mim...

– Compreende por que fiz questão de guardar segredo?

– Quer dizer que estou condenado a passar o resto da vida numa jaula?

– Não, se der certo o plano que concebi. Mas você só deve se desmascarar numa situação propícia e com trunfos poderosos. Eis o que lhe proponho: dentro de um mês, teremos o congresso anual dos cientistas biólogos. É um acontecimento importante. Um público amplo tem direito a participar, e todos os representantes dos grandes jornais comparecem. Ora, a opinião pública entre nós é um elemento mais poderoso que Zeius, mais poderoso que os orangotangos reunidos, mais poderoso até que os gorilas. Será a sua chance. É perante esse congresso, em plena sessão, que devemos erguer o véu; pois você será apresentado por Zeius, que, como eu lhe disse, preparou um longo relatório sobre você e seu famoso instinto. O melhor então é você mesmo tomar a palavra para explicar o seu caso. A sensação criada será de tal ordem que Zeius não conseguirá impedi-lo. Caberá a você exprimir-se claramente perante a assembleia e convencer o público, bem como os jornalistas, como convenceu a mim.

– E se Zeius e os orangotangos não recuarem?

– Os gorilas, obrigados a se curvar à opinião pública, farão esses imbecis ouvirem a voz da razão. Muitos são inclusive menos estúpidos que Zeius; e há também, entre os cientistas, uns poucos chimpanzés, que a Academia foi obrigada a admitir em virtude de suas descobertas espetaculares. Um deles é Cornelius, meu noivo. Para ele, somente para ele, falei de você. Ele me prometeu trabalhar pela sua causa. Naturalmente, quer vê-lo antes e comprovar pessoalmente o incrível relato que lhe fiz. Foi um pouco por isso que trouxe você aqui hoje. Marquei um encontro com ele, e ele não deve demorar.

Cornelius nos esperava perto de um arvoredo. Era um chimpanzé bonito, com certeza mais velho que Zira, mas extremamente jovem para um cientista erudito. Assim que o vi, fiquei impressionado com seu olhar profundo, de uma intensidade e vivacidade excepcionais.

– O que acha dele? – perguntou-me Zira em francês, baixinho.

Essa pergunta me fez ver o grau de confiança que eu conquistara junto à macaca. Murmurei uma apreciação elogiosa e nos aproximamos.

Os dois noivos abraçaram-se como namorados no parque. Ele abrira os braços para ela sem me conceder um olhar. A despeito do que ela lhe falara sobre mim, era evidente que para ele minha presença tinha tanta importância quanto a de um animal doméstico. A própria Zira esqueceu-se de mim por um instante, e eles trocaram longos beijos de focinho. Em seguida ela estremeceu, esquivou-se bruscamente e olhou para ele com o canto do olho, com uma expressão envergonhada.

– Querida, estamos sozinhos.

– Estou aqui – eu disse com dignidade, na minha melhor linguagem símia.

– Ei! – exclamou o chimpanzé num sobressalto.

– Repito: estou aqui. Sinto muito ver-me obrigado a lembrá-lo. Suas expansões não me incomodam, mas o senhor poderia em seguida vir a me odiar.

– Com os diabos!... – exclamou o chimpanzé. Zira começou a rir e nos apresentou.

– O doutor Cornelius, da Academia – disse ela –; Ulysse Mérou, um habitante do sistema solar, da Terra, mais precisamente.

– Muito prazer em conhecê-lo – eu disse. – Zira me falou do senhor. Parabenizo-o por ter uma noiva tão encantadora. – Estendi-lhe a mão. Ele deu um pulo para trás, como se uma cobra se levantasse à sua frente.

– É verdade? – ele murmurou, olhando para Zira com a expressão perplexa.

– Querido, por acaso costumo lhe contar mentiras?

Ele se recobrou. Era um homem de ciência. Após certa hesitação, apertou a minha mão.

– Como vai?

– Assim, assim – eu disse. – Peço-lhe mais uma vez desculpas por ser apresentado nestes trajes.

– Ele só pensa nisso – disse Zira, rindo. – É um complexo nele. Não se dá conta do efeito que produziria se estivesse de roupa.

– E o senhor vem efetivamente de... de...

– Da Terra, um planeta do Sol.

Ele certamente dera pouquíssimo crédito, até aquele momento, às confidências de Zira, preferindo acreditar em alguma mistificação. Começou a me assediar com perguntas. Passeávamos bem devagar, eles caminhando à frente, de braços dados, e eu seguindo na ponta da corrente, para não chamar a atenção de alguns transeuntes que passavam por nós. Mas as minhas respostas despertavam sua curiosidade a tal ponto que ele parava com frequência, largava a noiva e começávamos a discutir cara a cara com gestos largos, traçando figuras na areia da alameda. Zira não estava zangada. Parecia, ao contrário, extasiada com a impressão produzida.

O principal interesse de Cornelius, naturalmente, era pela emergência do *Homo sapiens* sobre a Terra, e me fez repetir cem vezes o que eu sabia a esse respeito. Em seguida, permaneceu pensativo por um longo tempo. Disse-me que minhas revelações constituíam indubitavelmente um documento de capital importância para a ciência e em especial para ele, numa época em que realizava pesquisas extremamente difíceis sobre o fenômeno símio. Pelo que entendi, aquele não era para ele um problema resolvido e ele não concordava com as teorias geralmente aceitas. Mas manteve-se reservado nesse ponto e não me desvendou todo o seu pensamento durante esse primeiro encontro.

De toda forma, eu representava um mistério para ele, e ele teria dado sua fortuna para ter-me em seu laboratório. Falamos então sobre minha situação e sobre Zeius, cuja estupidez e cegueira ele conhecia. Aprovou o plano de Zira. Iria, pessoalmente, preparar o terreno com alusões ao mistério do meu caso, na presença de alguns de seus colegas.

Ao se despedir, estendeu-me a mão sem hesitação, após ter verificado que a alameda estava deserta. Em seguida beijou sua noiva e se afastou – não sem se voltar diversas vezes, para se convencer de que eu não era uma alucinação.

– Um simpático jovem macaco – eu disse, enquanto voltávamos para o carro.

– E um grande cientista. Com o apoio dele, tenho certeza de que você irá persuadir o congresso.

– Zira – murmurei em seu ouvido, quando fui instalado no banco de trás –, irei dever-lhe a liberdade e a vida.

Eu percebia tudo o que ela fizera por mim desde a minha captura. Sem ela, nunca teria conseguido estabelecer contato com o mundo dos símios. Zeius teria sido bem capaz de mandar extirparem o meu cérebro para demonstrar que eu não era um ser racional. Graças a ela, eu agora tinha aliados e podia vislumbrar o futuro com um pouco mais de otimismo.

– Fiz por amor à ciência – ela disse, ruborizando. – Você é um caso único, que é preciso preservar a todo custo.

Meu coração transbordava de gratidão. Sentia-me capturado pela espiritualidade de seu olhar, conseguindo abstrair seu físico. Coloquei a mão sobre sua comprida pata hirsuta. Ela estremeceu, e senti nesse olhar uma grande emanação de simpatia por mim. Estávamos ambos profundamente perturbados e permanecemos em silêncio durante todo o trajeto de volta. Quando ela me levou novamente para a jaula, repeli brutalmente Nova, que se entregava a demonstrações pueris para me receber.

05

Zira me emprestou uma lanterna elétrica às escondidas e me dá livros, que dissimulo sob a palha. Agora leio e falo fluentemente a linguagem dos macacos. Passo várias horas todas as noites estudando sua civilização. Nova, a princípio, protestou. Mostrando os dentes, veio farejar um livro, como se ele fosse um adversário perigoso. Basta eu apontar em sua direção o facho da minha lanterna para vê-la refugiar-se num canto, trêmula e gemendo. Sou o senhor absoluto em minha casa desde que estou na posse desse aparelho, e não preciso mais de argumentos agressivos para deixá-la tranquila. Sinto que ela me considera uma criatura temível e percebo por muitos indícios que os demais prisioneiros julgam-me da mesma forma. Meu prestígio aumentou significativamente. Abuso dele. Às vezes ocorre-me a fantasia de aterrorizá-la sem motivo, agitando a luz. Ela vem em seguida me pedir perdão pela minha crueldade.

Gabo-me de agora fazer uma ideia bastante precisa do mundo símio.

Os macacos não são distribuídos em nações. O planeta inteiro é governado por um conselho de ministros, à frente do qual está um triunvirato, compreendendo um gorila, um orangotango e um chimpanzé. Ao lado desse governo, existe um Parlamento composto de três Câmaras: a dos gorilas, a dos orangotangos e a dos chimpanzés, cada uma dessas assembleias zelando pelo interesse de sua classe.

Na realidade, essa divisão em três raças é a única que subsiste por aqui. Em princípio, todos têm direitos iguais, podendo exercer qualquer posto. Entretanto, com exceções, cada espécie limita-se à sua especialidade.

De uma época bastante remota em que reinavam pela força, os gorilas conservaram o gosto pela autoridade e continuam a formar a classe mais poderosa. Não se misturam à massa; não são vistos nas manifestações populares, mas são eles que dirigem a maioria das grandes empresas. Em geral muito ignorantes, dominam por instinto a maneira de utilizar os conhecimentos. São excelentes na arte de traçar diretrizes gerais e manobrar os outros macacos. Quando um técnico faz uma descoberta interessante, por exemplo um tubo de luz ou um novo combustível, é quase sempre um gorila que se encarrega de explorá-la e extrair-lhe o maior lucro possível. Sem serem verdadeiramente inteligentes, são muito mais astutos que os orangotangos. Obtêm tudo o que querem destes últimos, afagando seu amor-próprio. Assim, à frente do nosso instituto, acima de Zeius, que é o diretor científico, há um gorila administrador, raramente visto. Foi à minha sala uma única vez. Encarou-me de uma maneira especial, e, quase mecanicamente, empertiguei-me. Observei a atitude servil de Zeius, e a própria Zira parecia impressionada com seus grandes ares.

Os gorilas que não ocupam cargos de autoridade têm em geral empregos subalternos, que exigem vigor físico. Zoram e Zanam, por exemplo, só estão ali para tarefas rudes e, o principal, restabelecer a ordem quando necessário.

Ou então os gorilas são caçadores, função de certa maneira reservada a eles. Capturam animais selvagens e, em particular, homens. Já destaquei o enorme consumo de homens exigido pelos experimentos dos macacos. Esses experimentos ocupam em seu mundo um espaço que me desconcerta à medida que descubro sua importância. Parece-me que uma parcela da população símia dedica-se a estudos biológicos; mas voltarei a essa peculiaridade. De toda forma, o abastecimento de material humano demanda empresas organizadas. Um segmento inteiro de caçadores, batedores, transportadores e vendedores está empregado nessa indústria, à frente da qual encontramos sempre gorilas. Acho que essas empresas são prósperas, pois os homens são vendidos caro.

Ao lado dos gorilas – eu ia dizer abaixo, embora toda e qualquer hierarquia seja contestável –, estão os orangotangos e os chimpanzés. Zira definira os primeiros, muito menos numerosos, com uma fórmula sucinta: são a ciência oficial.

Isso não deixa de ser verdade, mas às vezes alguns lançam-se na política, nas artes e na literatura. Apresentam as mesmas características em todas essas atividades. Pomposos, solenes, pedantes, desprovidos de originalidade e senso crítico, obcecados com a tradição, cegos e surdos a qualquer novidade, adorando clichês e lugares-comuns, formam o substrato de todas as academias. Dotados de uma memória impressionante, aprendem nos livros inúmeras disciplinas, de cor. Em seguida, eles próprios escrevem outros livros, nos quais repetem o que leram, o que lhes vale consideração por parte de seus irmãos orangotangos. Talvez eu esteja um pouco influenciado a seu respeito pela opinião de Zira e de seu noivo, que os detestam, como fazem todos os chimpanzés. São, por sinal, igualmente desprezados pelos gorilas, que zombam de sua subserviência mas que a exploram em benefício de suas próprias maquinações. Quase todos os orangotangos têm atrás de si um gorila ou um conselho de gorilas que os promovem a um posto honorífico e os mantêm nele, tratando de conceder-lhes as condecorações pelas quais são loucos; isto, até o dia em que param de dar satisfações. Nesse caso, são impiedosamente despedidos e substituídos por outros macacos da mesma espécie.

E, agora, os chimpanzés. Estes parecem de fato representar o elemento intelectual do planeta. Não é por bravata que Zira sustenta que todas as grandes descobertas foram feitas por eles – isto é no máximo uma generalização um tanto exagerada, pois há algumas exceções. Em todo caso, escrevem a maioria dos livros interessantes, nas áreas mais diversas. Parecem animados por um intenso espírito de pesquisa.

Já mencionei os tipos de livros escritos pelos orangotangos. O problema, e Zira queixa-se muito disso, é que dessa forma eles elaboram todos os livros didáticos, disseminando erros grosseiros junto à mocidade símia. Não faz muito tempo, ela me garantiu, os textos escolares ainda afirmavam que o planeta Soror era o centro do mundo, embora essa heresia tivesse sido reconhecida havia muito tempo por todos os macacos de inteligência mediana; isto, porque existiu em Soror, há milhares de anos, um macaco chamado Haristas, uma autoridade importante, que defendia esse tipo de afirmação e cujos dogmas os orangotangos repetem desde então. Depois de saber que aquele tal de Haristas professava que apenas os macacos podiam ter alma, compreendo melhor a atitude de Zeius a meu respeito. Os chimpanzés, felizmente, têm um espírito muito mais crítico. De uns anos para cá, parecem inclusive às voltas com a singular obsessão de derrubar os axiomas do velho ídolo.

Os gorilas, por sua vez, escrevem poucos livros. Quando o fazem, convém elogiar a apresentação, quando não o teor. Percorri alguns, de cujos títulos me lembro: *Necessidade de uma organização sólida na base das pesquisas*, *Os benefícios de uma política social* e ainda *A organização das grandes caçadas ao homem no continente verde*. São sempre obras bem documentadas, cada capítulo sendo redigido por um técnico especializado. Há diagramas, tabelas, algarismos e, muitas vezes, fotografias vistosas.

A unificação do planeta e a ausência de guerras e gastos militares – não há exército, apenas polícia – pareciam-me outros fatores propícios a estimular progressos rápidos, em todas as áreas, entre os macacos. Não é esse o caso. Embora Soror seja provavelmente um pouco mais antiga que a Terra, é evidente que estão mais atrasados do que nós em diversos aspectos.

Possuem eletricidade, indústrias, automóveis e aviões; mas, no que se refere à conquista do espaço, ainda estão na fase dos satélites artificiais. Em ciência pura, creio que seu conhecimento do infinitamente grande e do infinitamente pequeno é inferior ao nosso. Talvez esse atraso deva-se à manobra de um simples acaso e não duvido de que um dia venham a nos alcançar, quando considero a aplicação de que são capazes e o interesse pelas pesquisas manifestado pelos chimpanzés. Na verdade, imagino que passaram por um obscuro período de estagnação, que durou muito tempo, muito mais tempo do que entre nós, e que de uns anos para cá ingressaram numa era de realizações importantes.

Preciso ainda enfatizar que esse interesse pelas pesquisas tem um objeto central: as ciências biológicas e, em particular, o estudo do macaco – o homem sendo o instrumento utilizado por eles para esse fim. O homem desempenha então um papel essencial, embora de fato humilhante, em sua existência. É conveniente para eles haver um número considerável de homens em seu planeta. Li um estudo provando que há mais homens que macacos. Mas o número destes últimos expande-se, ao passo que a população humana diminui, o que faz com que alguns cientistas já se mostrem preocupados com a futura provisão de seus laboratórios.

Tudo isso não esclarece o segredo do avanço símio até o ápice da evolução. Pode ser até que não haja nenhum mistério nisso. Seu desenvolvimento é provavelmente tão natural quanto o nosso. No entanto, luto contra essa ideia, que me parece inaceitável, e agora sei que alguns cientistas de seu planeta também consideram o fenômeno da ascensão símia longe de ser esclarecido. Cornelius faz parte dessa escola e creio que é acompanhado pelas mentes mais sutis. Ignorando de onde vêm, o que são e para onde vão, talvez sofram com essa obscuridade. Seria esse o sentimento que insufla uma espécie de frenesi na pesquisa biológica e que dá orientação tão peculiar às suas atividades científicas? Concluo minha reflexão noturna com essas perguntas.

06

Zira me levava muitas vezes para passear no parque. Lá, às vezes encontrávamos Cornelius e preparávamos juntos o discurso que eu deveria pronunciar perante o congresso. A data estava próxima, o que me deixava nervoso. Zira me garantia que tudo correria bem. Cornelius tinha pressa de que minha condição fosse reconhecida e me devolvessem a liberdade, para poder me estudar a fundo... colaborar comigo, corrigia, diante do gesto de impaciência que me escapava quando ele falava desse jeito.

Naquele dia, seu noivo estando ausente, Zira sugeriu-me visitarmos o jardim zoológico anexo ao parque. Eu bem que queria assistir a um espetáculo ou visitar um museu, mas essas distrações ainda eram proibidas para mim. Apenas nos livros pude adquirir algumas noções das artes símias. Admirara reproduções de quadros clássicos, retratos de macacos célebres, cenas campestres, nus de macacas lascivas ao redor das quais esvoaçava um macaquinho alado ilustrando o Amor, pinturas militares da época em que ainda havia guerras, representando terríveis gorilas em uniformes suntuosos. Os macacos também haviam tido seus impressionistas e alguns contemporâneos alçavam-se à arte abstrata. Tudo isso eu descobrira em minha jaula, à luz da minha lanterna. Não podia assistir decentemente senão a espetáculos ao ar livre. Zira me levara para ver um jogo parecido com o nosso futebol, uma luta de boxe, que me fizera tremer, entre dois gorilas, e um torneio de atletismo, em que chimpanzés voadores lançavam-se de um poleiro a uma altura prodigiosa.

Aceitei o convite para o zoo. A princípio, não tive nenhuma surpresa. Os animais apresentavam muitas analogias com os da Terra. Havia felinos, paquidermes, ruminantes, répteis e aves. Embora não tenha deixado de observar uma espécie de camelo com três corcovas e um javali com chifres de veado, isso não me fascinou em nada depois do que eu vira no planeta Soror.

Meu espanto começou na ala dos homens. Zira tentou me dissuadir de me aproximar, arrependendo-se, acho, de haver me levado até lá, mas minha curiosidade era grande e puxei minha coleira até que ela cedesse.

A primeira jaula diante da qual nos detivemos continha pelo menos uns cinquenta indivíduos, homens, mulheres e crianças, expostos para grande alegria dos basbaques símios. Exibiam uma atividade febril e disparatada, dando cambalhotas, esbarrando-se, oferecendo-se em espetáculo, entregando-se a mil estripulias.

Era de fato um espetáculo. Eles tratavam de atrair as boas graças dos macaquinhos que rodeavam a jaula, que às vezes lhes jogavam frutas ou pedaços de bolo vendidos por uma velha macaca na entrada do zoo. O adulto ou a criança que realizasse a maior proeza – escalar as grades, andar de quatro, andar sobre as mãos – ganhava uma recompensa, e, quando esta caía no meio de um grupo, havia socos, unhadas, cabelos arrancados, tudo isso pontuado por grunhidos estridentes de animais furiosos.

Alguns homens, mais franzinos, não participavam do tumulto. Mantinham-se a distância, perto das grades, e, quando viam um macaquinho enfiar os dedos num saco, estendiam-lhe mãos de súplica. O macaquinho, se fosse jovem, recuava o mais das vezes, assustado; mas seus pais ou amigos mais velhos zombavam dele, até que ele resolvesse, tremendo, passar a recompensa de pata para mão.

A aparição de um homem fora da jaula causou certo espanto, tanto entre os prisioneiros quanto no público símio. Os primeiros interromperam por um momento suas estripulias para me examinar com desconfiança, mas, como eu permanecia calado, recusando com dignidade os agrados que os moleques faziam menção de me estender, uns e outros perderam o interesse por mim e pude observar bem à vontade. A apatia daquelas criaturas me enojava e eu me sentia envergonhado ao constatar mais uma vez que eram fisicamente iguais a mim.

As outras jaulas ofereciam os mesmos espetáculos degradantes. Eu ia me deixar levar por Zira, com a morte na alma, quando, de repente, refreei com grande dificuldade um grito de surpresa. Ali, diante de mim, no meio do rebanho, estava ele, meu companheiro de viagem, o chefe e a alma de nossa expedição, o eminente professor Antelle. Fora capturado como eu e, com menos sorte provavelmente, vendido ao zoológico.

Minha alegria ao saber que ele estava vivo e ao reencontrá-lo foi tamanha que lágrimas me vieram aos olhos; em seguida, estremeci diante das condições impostas àquele grande cientista. Minha perturbação transformou-se pouco a pouco num estupor doloroso quando percebi que suas atitudes eram exatamente as mesmas exibidas pelos outros homens. Eu não tinha como não acreditar nos meus olhos, apesar da inverossimilhança daquele comportamento. O professor fazia parte, por sua vez, das criaturas ponderadas que não se misturavam às brigas, esticando a mão através das barras com um esgar de mendigo.

Observei-o enquanto agia, e nada em sua atitude revelava sua verdadeira natureza. Um macaquinho deu-lhe uma fruta. O cientista pegou-a, sentou-se de pernas cruzadas e pôs-se a devorá-la gulosamente, fitando seu benfeitor com um olho ávido, como a esperar outro gesto generoso. Ao ver isso, novamente chorei. Em voz baixa, expliquei a Zira os motivos de minha perturbação. Queria me aproximar dele e lhe falar, mas ela me dissuadiu energicamente. Eu nada podia fazer por ele naquele momento, e, na emoção do reencontro, poderíamos provocar um escândalo que prejudicaria nossos interesses comuns, o que poderia perfeitamente arruinar os meus próprios planos.

– Depois do congresso, quando você tiver sido reconhecido e aceito como criatura racional, cuidaremos dele.

Ela tinha razão, e deixei-me arrastar a contragosto. Enquanto voltávamos até o carro, expliquei-lhe quem era o professor Antelle e a reputação de que gozava na Terra e no mundo acadêmico. Ela ficou pensativa por um bom tempo e prometeu-me empenho para tirá-lo do zoológico. Levou-me de volta, um pouco mais reconfortado, ao instituto; mas naquela noite recusei a comida que os gorilas me trouxeram.

07

Na semana que precedeu o congresso, Zeius me fez várias visitas, multiplicando seus testes extravagantes; sua secretária encheu cadernos e mais cadernos de anotações e conclusões a meu respeito. Eu me esforçava hipocritamente para não parecer mais astucioso do que ele desejava.

A data tão esperada finalmente chegou, mas foi apenas no terceiro dia do congresso que vieram me buscar, os macacos digladiando-se primeiro em discussões teóricas. Zira mantivera-me a par de seus trabalhos. Zeius já lera um longo relatório a meu respeito, apresentando-me como um homem de instintos particularmente aguçados, mas concluindo por uma total ausência de consciência. Cornelius fez-lhe algumas perguntas maldosas, para saber como nesse caso ele explicava determinados traços do meu comportamento. Isso reacendeu velhas controvérsias, e a última discussão fora bastante acalorada.

Os cientistas estavam divididos em dois clãs, os que recusavam qualquer tipo de alma a um animal e os que viam apenas uma diferença de grau entre o psiquismo das bestas e o dos símios. Naturalmente, ninguém desconfiava da verdade total, exceto Cornelius e Zira. Entretanto, o relatório de Zeius descrevia características tão surpreendentes que, sem que esse imbecil sequer suspeitasse, chamava a atenção de alguns observadores imparciais, quando não de eminentes cientistas, e começou a correr na cidade que um homem totalmente fora do comum havia sido descoberto.

Zira murmurou no meu ouvido, fazendo-me sair da minha jaula:

– Teremos a multidão dos grandes dias e toda a imprensa. Estão todos avisados e pressentem um acontecimento insólito. Isso é excelente para você. Coragem!

Eu precisava de seu apoio moral. Sentia-me terrivelmente nervoso. Repassara meu discurso a noite inteira. Sabia-o de cor, e ele devia convencer até os mais limitados; mas morria de medo de que não me deixassem falar.

Os gorilas me arrastaram para um caminhão gradeado, onde me vi em companhia de alguns indivíduos humanos, julgados dignos, por sua vez, de serem apresentados à douta assembleia, em virtude de alguma particularidade. Chegamos diante de um prédio enorme, coroado por uma cúpula. Nossos guardiões nos fizeram entrar num saguão equipado com jaulas, contíguo à sala de reunião. Foi ali que esperamos pela boa vontade dos cientistas. De tempos em tempos, um gorila majestoso, vestindo uma espécie de uniforme preto, empurrava a porta e vinha gritar um número. Então os guardas prendiam uma correia num dos homens e o arrastavam. Meu coração disparava a cada aparição do meirinho. Pela porta entreaberta, um burburinho chegava da sala, às vezes exclamações, e também aplausos.

Como os indivíduos eram levados embora imediatamente após sua apresentação, terminei por ficar sozinho no saguão, com os guardas, repassando febrilmente os principais períodos do meu discurso. Fui reservado para o fim, como uma celebridade. O gorila negro apareceu pela última vez e chamou pelo meu número. Levantei-me espontaneamente, peguei com as mãos uma correia que um macaco perplexo preparava para prender na minha guia e a coloquei eu mesmo. Dessa forma, emoldurado por dois guarda-costas, adentrei num passo firme a sala de reunião. Lá dentro, estaquei, deslumbrado e perplexo.

Eu já assistira a muitos espetáculos estranhos desde a minha chegada ao planeta Soror. Julgava estar acostumado à presença dos macacos e às suas manifestações a ponto de não mais me assombrar. Todavia, diante da singularidade e das proporções da cena que se oferecia a meu olhar, fui tomado por uma vertigem e mais uma vez me perguntei se não estaria sonhando.

Eu estava ao fundo de um gigantesco anfiteatro (que curiosamente me fez pensar no inferno cônico de Dante) cujas arquibancadas, em torno e acima de mim, achavam-se tomadas por macacos. Havia milhares deles. Nunca tinha visto tantos símios reunidos; sua profusão transcendia os sonhos mais loucos de minha mísera imaginação terrestre: seu número me assustava.

Vacilei e tentei me recuperar procurando referências na multidão. Os guardas me empurraram para o centro do círculo, que lembrava um picadeiro de circo, onde havia um tablado instalado. Voltei-me lentamente. Fileiras de macacos erguiam-se até o teto, a uma altura prodigiosa. Os lugares mais próximos de mim estavam ocupados pelos membros do congresso, todos cientistas eméritos, vestindo calças riscadas e casacas escuras, todos condecorados, quase todos em idade venerável e quase todos orangotangos. Entretanto, eu discernia alguns gorilas e chimpanzés no seu grupo. Procurei Cornelius entre eles, mas não o vi.

Depois das autoridades, atrás de um alambrado, várias fileiras estavam reservadas para os colaboradores subalternos dos cientistas. Uma tribuna fora disposta nesse mesmo nível para os jornalistas e fotógrafos. Por fim, um pouco mais acima, atrás de outra mureta, comprimia-se a multidão, um público símio que, pela densidade dos murmúrios com que saudaram minha aparição, pareceu-me excitadíssimo.

Também procurei descobrir Zira, que devia estar entre os espectadores. Sentia necessidade de ser amparado pelo seu olhar. Frustrei-me da mesma forma e não identifiquei um único macaco conhecido na infernal legião de macacos que me cercava.

Voltei minha atenção para os pontífices. Seus assentos eram poltronas estofadas vermelhas, ao passo que os demais tinham direito apenas a cadeiras ou bancos. O aspecto deles lembrava muito o de Zeius. Com as cabeças enfiadas quase no nível dos ombros, um braço descomunal reclinado e apoiado numa pasta à sua frente, às vezes rabiscavam anotações, a menos que fosse um desenho banal. Em contraste com a efervescência que reinava nas galerias, pareceram-me desanimados. Tive a impressão de que a minha entrada e seu anúncio reproduzido por um alto-falante vinham bem a propósito para atrair sua atenção vacilante. Aliás, lembro-me muito bem de ter percebido que três desses orangotangos se sobressaltaram bruscamente, como se arrancados de um sono profundo.

Porém, agora estavam todos alertas. Minha apresentação deveria ser o ponto alto do congresso e eu me sentia alvo de milhares de pares de olhos simiescos, de expressões diversas, indo da indiferença ao entusiasmo.

Meus guardiões fizeram-me subir no tablado, sobre o qual tomava assento um gorila de belo aspecto. Zira me explicara que o congresso era presidido não por um cientista, como antigamente – então os macacos de ciência, entregues a si mesmos, perdiam-se em discussões sem fim, jamais chegando a uma conclusão –, mas por um mestre de cerimônias. À esquerda desse imponente personagem, achava-se seu secretário, um chimpanzé, que fazia a ata da sessão. À sua direita, estavam sentados sucessivamente os cientistas a quem cabia expor a tese ou apresentar um tema. Zeius acabava de ocupar esse lugar, saudado por débeis aplausos. Graças a um sistema de alto-falantes combinados com potentes holofotes, nada do que se passava no palco era perdido pelas arquibancadas superiores.

O presidente gorila balançou a sineta, obteve silêncio e declarou que passava a palavra ao ilustre Zeius para a apresentação do homem acerca do qual já se pronunciara para o público. O orangotango pôs-se de pé, cumprimentou e começou a discorrer. Enquanto isso, eu tentava mostrar-me tão atento quanto possível. Quando falou de mim, inclinei-me levando a mão ao coração, o que suscitou um início de hilaridade, rapidamente reprimida pela sineta. Compreendi rapidamente que eu não ajudava minha causa entregando-me a tais gracejos, que podiam ser interpretados como simples resultado de um bom adestramento. Permaneci calado, esperando o fim de sua exposição.

Ele lembrou as conclusões de seu relatório e anunciou as proezas que iria me fazer executar, mandando alguém instalar sobre o tablado os dispositivos de seus malditos testes. Concluiu declarando que eu era capaz de pronunciar determinadas palavras, como algumas aves, e que esperava que eu executasse aquele truque perante o público. Em seguida, voltou-se para mim, pegou a caixa de fechaduras múltiplas e colocou-a à minha frente. Porém, em vez de acionar as fechaduras, entreguei-me a outro tipo de exercício.

Minha hora chegara. Levantei a mão, depois, puxando delicadamente a correia que meu guardião segurava, aproximei-me de um microfone e me dirigi ao presidente.

– Ilustríssimo presidente – eu disse na minha melhor linguagem símia –, abrirei esta caixa com o maior prazer; será igualmente com a maior boa vontade que executarei todos os truques do programa. Entretanto, antes de me dedicar a essa tarefa, relativamente fácil para mim, peço autorização para fazer uma declaração que, juro, assombrará esta culta plateia.

Eu articulara com bastante clareza, e cada uma de minhas palavras soou cristalina. O resultado foi o que eu esperava. Todos os macacos pareciam esmagados em seus assentos, estupefatos, prendendo a respiração. Os jornalistas chegaram a se esquecer de fazer anotações e nenhum fotógrafo teve suficiente presença de espírito para tirar uma foto daquele instante histórico.

O presidente voltou-se para mim com ar estúpido. Quanto a Zeius, pareceu furioso.

– Senhor presidente – berrou –, protesto...

Mas logo desistiu, constatando o ridículo de uma discussão com um homem. Aproveitei para retomar a palavra.

– Senhor presidente, insisto, com o mais profundo respeito, mas com energia, para que essa graça me seja concedida. Quando eu tiver me explicado, então, juro pela minha honra, inclinar-me-ei às exigências do sapientíssimo Zeius.

Um furacão, tomando lugar do silêncio, sacudiu o público. Uma onda de loucura agitava as arquibancadas, transformando os macacos numa massa histérica em que se misturavam exclamações, risadas, choros e urras – tudo isso em meio a uma crepitação contínua de magnésio, os fotógrafos tendo finalmente recuperado o controle de seus membros. O tumulto durou uns bons cinco minutos, durante os quais o presidente, que recobrara um pouco do sangue-frio, não parou de me encarar. Tomou finalmente um partido e balançou a sineta.

– Eu... – começou ele, gaguejando – não sei muito bem como tratá-lo.

– Senhor, é o suficiente – respondi.

– Sim, pois bem, meu... senhor, penso que na presença de caso tão excepcional o congresso científico que tenho a honra de presidir deva escutar sua declaração.

Uma nova onda de aplausos acolheu a sabedoria dessa decisão. Eu não pedia mais que isso. Instalei-me bem ereto no meio do estrado, ajustei o microfone na minha altura e pronunciei o seguinte discurso.

08

– Ilustre presidente,

"Nobres gorilas,

"Sábios orangotangos,

"Sutis chimpanzés,

"Oh, macacos!

"Permitam que um homem dirija-se aos senhores.

"Sei que meu aspecto é grotesco; minha forma, repulsiva; meu perfil, bestial; meu cheiro, nauseabundo; a cor de minha pele, repugnante. Sei que a visão deste corpo ridículo é uma ofensa para os senhores, mas sei também que me dirijo aos mais inteligentes e sábios de todos os macacos, aqueles cujo espírito é capaz de elevar-se acima das impressões sensíveis e perceber a essência sutil da criatura para além de um mísero invólucro material..."

A humildade pomposa deste início havia sido imposta por Zira e Cornelius, que a consideravam apropriada para seduzir os orangotangos. Prossegui em meio a um silêncio profundo.

– Ouçam-me, ó macacos! Pois eu falo; e não, asseguro-lhes, como um realejo ou um papagaio. Penso, falo e compreendo tão bem o que vocês dizem quanto o que eu próprio enuncio. Daqui a pouco, se suas senhorias se dignarem a me interrogar, terei prazer em responder o melhor possível às suas perguntas.

"Antes quero lhes revelar esta verdade estarrecedora: não apenas sou uma criatura pensante, não apenas uma alma habita paradoxalmente este corpo humano, como venho de um planeta distante, da Terra, dessa Terra onde, por um capricho ainda inexplicável da natureza, são os homens que detêm a sabedoria e a razão. Peço permissão para designar meu local de origem, não decerto para os ilustres doutores que vejo ao meu redor, mas para aqueles dos meus ouvintes que, talvez, não estejam familiarizados com os diversos sistemas estelares."

Aproximei-me de um quadro-negro, e, com auxílio de alguns esquemas, descrevi o melhor que pude o sistema solar e determinei sua posição na galáxia. Minha exposição continuava a ser acompanhada num silêncio religioso. Mas quando, terminados meus croquis, bati diversas vezes minhas mãos uma na outra para espanar o pó do giz, esse gesto prosaico suscitou um ruidoso entusiasmo na multidão das galerias. Continuei, encarando o público:

– Portanto, nessa Terra, foi na raça humana que o espírito encarnou. O fato é este, e nada posso fazer quanto a isso. Enquanto os macacos – estou embasbacado desde que descobri seu mundo –, enquanto os macacos permaneceram em estado selvagem, foram os homens que evoluíram. Foi no crânio dos homens que o cérebro se desenvolveu e se organizou. Foram os homens que inventaram a linguagem, descobriram o fogo, fizeram uso de ferramentas. Foram eles que colonizaram o planeta e mudaram sua face; eles, enfim, que construíram uma civilização tão sofisticada que, em muitos aspectos, ó macacos!, lembra a dos senhores.

Nesse ponto, tentei fornecer mil exemplos das nossas mais belas realizações. Descrevi nossas cidades, nossas indústrias, nossos meios de comunicação, nossos governos, nossas leis, nossas distrações. Em seguida, dirigi-me mais especificamente aos cientistas e tentei dar-lhes uma ideia de nossas conquistas nos nobres domínios das ciências e das artes. Minha voz firmava-se à medida que eu falava, como um nababo fazendo o inventário de suas riquezas.

Cheguei em seguida ao relato de minhas próprias aventuras. Expliquei a maneira como alcançara o mundo de Betelgeuse e o planeta Soror, como havia sido capturado, enjaulado, como tentei entrar em contato com Zeius e como, possivelmente devido à minha falta de engenhosidade, todos os meus esforços haviam sido inúteis. Mencionei por fim a perspicácia de Zira, sua ajuda valiosa e a do doutor Cornelius. Concluí da seguinte forma:

– Eis o que eu tinha a lhes dizer, ó macacos! Cabe aos senhores decidir agora se, depois de peripécias tão excepcionais, devo ser tratado como um animal e terminar meus dias numa jaula. Resta-me acrescentar que vim aos senhores sem nenhuma intenção hostil, impelido tão somente pelo espírito aventureiro. Depois que aprendi a conhecê-los, acho-os extremamente simpáticos e admiro-os do fundo da alma. Eis o plano que apresento aos ilustres espíritos deste planeta. Posso certamente ser-lhes útil com meus conhecimentos terrestres; da minha parte, aprendi mais coisas em poucos meses de jaula no planeta dos senhores do que em minha existência pregressa. Unamos nossos esforços! Estabeleçamos contato com a Terra! Caminhemos, macacos e homens, de mãos dadas, e nenhuma potência, nenhum segredo do cosmo poderá resistir a nós!

Parei, esgotado, em meio um silêncio absoluto. Voltei-me mecanicamente para a mesa do presidente, peguei um copo de água que ali se achava e o esvaziei de um trago. Tal como a atitude de esfregar as mãos, esse gesto simples produziu um efeito enorme e foi o estopim de um tumulto. A plateia veio abaixo, num entusiasmo que nenhuma pluma seria capaz de descrever. Eu sabia que havia conquistado meu público, mas não teria julgado possível nenhum público no mundo explodir tão estrepitosamente. Fiquei atônito, com a dose exata de sangue-frio para observar uma das razões daquela fantástica algazarra: os macacos, naturalmente exuberantes, aplaudem com suas quatro patas quando o espetáculo lhes agrada. Eu tinha assim à minha volta um turbilhão de criaturas endiabradas, equilibradas em suas nádegas e batendo com os quatro membros freneticamente, dando a impressão de que a cúpula iria desabar: isso em meio a uivos, nos quais prevalecia a voz baixa dos gorilas. Foi uma de minhas últimas visões dessa memorável sessão. Cambaleei. Olhei com preocupação ao meu redor. Furioso, Zeius acabava de deixar seu assento para passear pelo tablado, com as mãos nas costas, como fazia em frente à minha jaula. Percebi, como num sonho, sua poltrona vazia e ali desmoronei. Uma nova onda de exclamações, que tive tempo de perceber antes de desmaiar, saudou essa atitude.

09

Só recuperei a consciência muito mais tarde, de tal forma me abalara a tensão reinante no congresso. Estava num quarto, deitado numa cama. Zira e Cornelius dispensavam-me cuidados, enquanto gorilas uniformizados mantinham a distância um grupo de jornalistas e curiosos que tentavam se aproximar de mim.

– Magnífico! – murmurou Zira no meu ouvido. – Você ganhou.

– Ulysse – disse Cornelius –, juntos, faremos coisas grandiosas.

Ele me informou que o Grande Conselho de Soror acabava de realizar uma sessão extraordinária e se pronunciara pela minha libertação imediata.

– Houve apenas alguns oponentes – ele acrescentou –, mas a opinião pública exigia isso, e eles não podiam agir de outra forma.

Havendo ele próprio solicitado e obtido autorização para me recrutar como colaborador, esfregava as mãos pensando na ajuda que poderia obter de mim em suas pesquisas.

– É aqui que o senhor irá morar. Espero que este apartamento lhe convenha. Fica bem próximo ao meu, numa ala do instituto reservada ao alto escalão.

Pasmo, passei os olhos à minha volta, achando que era um sonho. O quarto tinha todo o conforto; era o início de uma nova era. Depois de ansiar tanto por aquele momento, senti-me subitamente invadido por uma estranha sensação de nostalgia. Meu olhar cruzou com o de Zira e percebi que a astuta macaca adivinhava meu pensamento. Sua reação foi um sorriso mais que ambíguo.

– Aqui, naturalmente – ela disse –, você não terá Nova.

Ruborizei, dei de ombros e me aprumei na cama. Minhas forças haviam retornado, e eu tinha pressa de me lançar em minha nova vida.

– Sente-se suficientemente forte para comparecer a uma pequena reunião? – perguntou Zira. – Convidamos alguns amigos, todos chimpanzés, para comemorar este grande dia.

Respondi que nada me daria maior prazer, mas que não pretendia circular nu em pelo. Reparei então que estava de pijama. Cornelius emprestara-me um dos seus. Mas se eu podia, em caso de estrita necessidade, vestir um pijama de chimpanzé, teria ficado ridículo em seus trajes.

– Você terá um guarda-roupa completo e, esta noite, um terno apropriado. Aqui está o alfaiate.

Um chimpanzé baixote entrava, cumprimentando-me com grande cortesia. Eu soubera que, durante meu desmaio, os mais célebres alfaiates haviam disputado a honra de me vestir. Aquele, o mais famoso, tinha como clientes os gorilas mais importantes da capital.

Admirei sua destreza e rapidez. Em menos de duas horas, confeccionara um terno aceitável. Foi estranho sentir-me vestido, e Zira olhava para mim com os olhos arregalados. Enquanto o artista dava seus arremates, Cornelius autorizou a entrada dos jornalistas, que se espremiam à porta. Fiquei na berlinda durante mais de uma hora, assediado por perguntas, metralhado pelos fotógrafos, obrigado a fornecer os detalhes mais picantes sobre o planeta Terra e a vida vivida pelos homens. Prestei-me de boa vontade a essa cerimônia. Sendo eu próprio jornalista, percebia o filão que eu representava para aqueles colegas e sabia que a imprensa era um aliado importante.

Era tarde quando se retiraram. Íamos sair para encontrar os amigos de Cornelius, quando fomos retidos pela chegada de Zanam. Devia estar a par dos últimos acontecimentos, pois me cumprimentou baixinho. Procurava Zira, para lhe dizer que nem tudo corria bem em seu setor. Furiosa com minha ausência prolongada, Nova promovia uma balbúrdia inenarrável. Seu nervosismo contagiara todos os outros cativos e não havia varada que os acalmasse.

– Vou até lá – disse Zira. – Espere-me aqui.

Fiz um olhar de súplica. Ela hesitou, depois deu de ombros.

– Acompanhe-me se quiser – ela disse. – Afinal, você é livre e talvez consiga acalmá-la melhor que eu.

Entrei a seu lado na sala das jaulas. Os prisioneiros sossegaram assim que me avistaram, e um silêncio curioso sucedeu o tumulto. Certamente me reconheciam, a despeito de minhas roupas, e pareciam estar diante de um acontecimento milagroso.

Tremendo, fui até a jaula de Nova – a minha. Cheguei mais perto; sorri; falei com ela. Tive por um momento a inédita impressão de que ela acompanhava o meu pensamento e iria me responder. Isso era impossível, mas minha simples presença a acalmara, como aos demais. Aceitou um torrão de açúcar que lhe estendi e o devorou enquanto eu me afastava, entristecido.

Guardei uma lembrança confusa e bastante perturbadora dessa noite, que se passou numa boate da moda – uma vez que eu também estava destinado a viver em seu seio, Cornelius decidira me impor de uma tacada à sociedade simiesca.

A confusão resultara do álcool, que eu ingeria desde a minha chegada e ao qual meu organismo não estava mais acostumado. O efeito perturbador era uma sensação insólita, que devia se apoderar de mim em diversas ocasiões futuras. Eu não poderia descrevê-lo melhor senão como um esmaecimento progressivo, no meu espírito, da natureza símia dos personagens que me cercavam, em prol da função e do papel que desempenhavam na sociedade. O *maître*, por exemplo, que se aproximou solicitamente para nos guiar até nossa mesa, eu via apenas como o *maître*, o gorila tendendo a se amenizar. Aquela velha macaca exageradamente maquiada apagava-se diante da *velha vaidosa* e, enquanto eu dançava com Zira, esquecia completamente sua condição para só sentir em meus braços a cintura de uma dançarina. A orquestra de chimpanzés agora não passava de uma orquestra banal, e os elegantes macacos da sociedade que trocavam chistes à minha volta se tornavam simples cidadãos.

Não insistirei na sensação causada pela minha presença. Alvo de todos os olhares, dei autógrafos a vários fãs, e os dois gorilas que Cornelius fizera por bem recrutar tiveram muito trabalho para me defender de um tropel de macacas de todas as idades, que disputavam a honra de brindar ou dançar comigo.

Já era tarde da noite. Eu estava praticamente bêbado quando a lembrança do professor Antelle atravessou a minha mente. Senti um remorso profundo me invadir. Não estava longe de chorar sobre minha própria infâmia, pensando que ali estava eu a me divertir e beber com macacos, enquanto meu companheiro mofava na enxerga de uma jaula.

Zira me perguntou o que me entristecia. Eu lhe disse. Cornelius então me comunicou que se informara sobre o professor e que ele se achava em boas condições de saúde. Nada iria se opor, agora, à sua libertação. Proclamei com veemência que não podia esperar um minuto a mais para levar-lhe essa notícia.

– Afinal de contas – admitiu Cornelius após refletir –, nada podemos lhe recusar num dia como este. Vamos até lá. Conheço o diretor do zoológico.

Deixamos os três a boate e nos encaminhamos para o zoo. O diretor, acordado, veio correndo. Conhecia minha história. Cornelius lhe revelou a identidade de um dos homens que ele detinha numa jaula. Ele não podia acreditar no que ouvia, mas tampouco queria recusar-me alguma coisa. Seria naturalmente necessário esperar amanhecer e cumprir algumas formalidades para que ele pudesse libertar o professor. Mas nada se opunha a uma entrevista imediata. Ofereceu-se para nos acompanhar.

Amanhecia quando chegamos diante da jaula onde o desafortunado cientista vivia como um animal, em meio a uns cinquenta homens e mulheres. Estes ainda dormiam, reunidos em casais ou grupos de quatro ou cinco. Abriram os olhos assim que o diretor acendeu a luz.

Não demorei a descobrir meu companheiro. Estava deitado no chão como os demais, com o corpo aninhado no regaço de uma garota, bem jovem, me pareceu. Estremeci ao vê-lo daquela forma, enternecendo-me ao me lembrar da abjeção à qual eu havia sido, por minha vez, submetido durante quatro meses.

Eu estava tão abalado que nem conseguia falar. Os homens, agora acordados, não manifestavam nenhuma surpresa. Estavam domesticados e amestrados; começaram a executar seus truques habituais, na esperança de algum agrado. O diretor arremessou-lhes restos de bolo. Logo houve cotoveladas e brigas como acontecia de dia, enquanto os mais sensatos assumiam sua posição favorita, acocorados perto da grade com a mão de súplica estendida.

O professor Antelle imitou estes últimos. Aproximou-se o mais perto possível do diretor e mendigou uma gulodice. Esse comportamento indigno me causou um profundo mal-estar, que logo se transformou em angústia insuportável. Ele estava a três passos de mim; fitava-me e parecia não me reconhecer. Na realidade, seu olhar, antes tão animado, perdera todo brilho e sugeria o mesmo vácuo espiritual que o dos outros cativos. Horrorizado, detectei apenas certa perturbação, exatamente a mesma suscitada pela presença de um homem vestido entre os cativos.

Fiz um esforço violento e, para dissipar aquele pesadelo, consegui finalmente falar.

– Professor – eu disse –, mestre, sou eu, Ulysse Mérou. Estamos salvos. Vim anunciar-lhe...

Parei, estupefato. Ao som da minha voz, ele tivera o mesmo reflexo que os homens do planeta Soror. Retesara bruscamente o pescoço e esboçara um passo para trás.

– Professor Antelle – insisti, comovido –, sou eu; eu, Ulysse Mérou, seu companheiro de viagem. Estou livre e dentro de algumas horas o senhor estará também. Os macacos que o senhor vê aqui são nossos amigos. Sabem quem somos e nos recebem como irmãos.

Ele não respondeu uma palavra. Não manifestou a menor compreensão; porém, com um novo movimento furtivo, semelhante ao de um animal amedrontado, recuou um pouco mais.

Eu estava desesperado, e os macacos pareciam intrigadíssimos. Cornelius franziu o cenho, como quando buscava a solução de um problema. Ocorreu-me que o professor, assustado com a presença deles, podia muito bem estar fingindo-se de sonso. Pedi-lhes que se afastassem e me deixassem a sós com ele, o que fizeram de boa vontade. Quando desapareceram, contornei a jaula para me aproximar do ponto em que o cientista se refugiara e, mais uma vez, me dirigi a ele.

– Mestre – implorei –, compreendo sua prudência. Sei a que se expõem os homens da Terra neste planeta. Mas estamos sozinhos, tem a minha palavra, e suas provações chegaram ao fim. Sou eu quem lhe afirmo isso, eu, seu companheiro, seu discípulo, seu amigo, eu, Ulysse Mérou.

Ele deu outro passo para trás, lançando-me olhares ariscos. Então, como eu continuava ali, tremendo, não sabendo mais com que palavras tocá-lo, sua boca entreabriu-se.

Teria eu conseguido convencê-lo? Observava-o, arfando de esperança. Mas continuei mudo de horror diante do gênero de manifestação que traduzia sua perturbação. Eu disse que sua boca se entreabrira; mas não era o gesto voluntário de uma criatura que se prepara para falar. De sua garganta saía um som semelhante àqueles emitidos pelos estranhos homens daquele planeta para exprimir satisfação ou medo. Ali, diante de mim, emudecido enquanto o pavor congelava meu coração, o professor Antelle soltou um longo uivo.

PARTE TRÊS

01

Acordei bem cedo, após um sono agitado. Revirei-me três ou quatro vezes na cama e esfreguei os olhos antes de cair na realidade, ainda mal-acostumado com a vida de civilizado que eu levava havia um mês, estranhando todas as manhãs ao não ouvir a palha estalar nem sentir o tépido contato de Nova.

Acabei me dando conta da situação. Eu ocupava um dos apartamentos mais confortáveis do instituto. Os macacos haviam se mostrado generosos. Eu tinha uma cama, um banheiro, roupas, livros, um aparelho de televisão. Lia todos os jornais; era livre; podia sair, passear pelas ruas, assistir a qualquer espetáculo. Minha presença num local público despertava sempre um interesse considerável, mas o alvoroço dos primeiros dias começava a diminuir.

Agora era Cornelius o grande diretor científico do instituto. Zeius fora exonerado – não obstante, concederam-lhe outro posto e uma nova condecoração –, e o noivo de Zira, nomeado em seu lugar. Daí resultara uma renovação dos quadros, uma promoção geral do partido chimpanzé e um recrudescimento de atividade em todos os setores. Zira, agora, era assessora do novo diretor.

Quanto a mim, participava das pesquisas do cientista não mais como cobaia, mas como colaborador. Aliás, Cornelius só obtivera esse privilégio após vencer muitos obstáculos e uma grande hesitação por parte do Grande Conselho. As autoridades pareciam não admitir senão a contragosto minha natureza e origem.

Enfiei rapidamente minhas roupas, saí do quarto e me dirigi para o prédio do instituto onde antes eu fora prisioneiro, o setor de Zira, que ela continuava a dirigir, acumulando suas outras funções. Com a concordância de Cornelius, eu realizava ali um estudo sistemático dos homens.

Aqui estou eu na sala das jaulas, andando de um lado para o outro pelo acesso em frente às grades como um dos senhores deste planeta. Deveria confessar que venho aqui com mais frequência do que exigem meus estudos? Às vezes a assídua companhia símia parece-me opressiva e encontro aqui uma espécie de refúgio.

Os cativos me conhecem bem agora e admitem minha autoridade. Será que distinguem entre mim, Zira e os guardas que lhes trazem comida? Isso me alegraria, mas duvido muito. De um mês para cá, apesar de minha paciência e de meus esforços, nem mesmo eu consegui que realizassem performances superiores às de animais bem adestrados.

Ainda assim, um instinto secreto me insinuou que eles detêm possibilidades mais amplas.

Eu queria ensiná-los a falar. Essa é minha grande ambição. Não consegui, tudo bem; apenas alguns conseguem repetir dois ou três sons monossilábicos, o que certos chimpanzés fazem em nosso planeta. É pouco, mas não desisto. O que me estimula é a recente insistência de todos os olhares buscando o meu, olhares que parecem se transformar de uns tempos para cá e em que sinto medrar uma curiosidade de essência superior à perplexidade animal.

Percorro lentamente a sala, parando em frente a cada um deles. Dirijo-lhes a palavra; falo devagar, com paciência. Habituaram-se a essa manifestação insólita de minha parte. Parecem escutar. Insisto durante alguns minutos, depois desisto das frases e pronuncio palavras simples, repetindo várias vezes, esperando uma reação. Um deles articula desajeitadamente uma sílaba, mas hoje não iremos mais longe que isso. O indivíduo cansa logo, desiste daquela tarefa sobre-humana e deita-se sobre a palha como que depois de um trabalho estafante. Dou um suspiro e passo a outro. Chego finalmente à jaula onde Nova vegeta atualmente, solitária e triste; triste... pelo menos é no que quero crer, com minha prepotência de homem da Terra, esforçando-me para descobrir esse sentimento em seus traços admiráveis e inexpressivos. Zira não lhe deu outro companheiro e fiquei-lhe grato por isso.

Penso muito em Nova. Não posso esquecer as horas passadas em sua companhia. Mas nunca mais entrei em sua jaula; o respeito humano me refreou. Ela não é um animal? Evoluo agora pelas altas esferas científicas; como entregar-me a tal promiscuidade? Corei ao lembrar de nossa intimidade passada. Desde que mudei de lado, proibi-me de lhe demonstrar mais amizade que a seus semelhantes.

Por outro lado, sou obrigado a constatar que ela é um indivíduo de elite e alegro-me com isso. Com ela, obtenho resultados superiores aos dos demais. Veio se colar nas grades assim que me aproximei, e sua boca contrai-se num esgar que quase poderia passar por um sorriso. Antes mesmo que eu tenha aberto a boca, ela tenta pronunciar as quatro ou cinco sílabas que aprendeu. Dá tudo de si, é visível. Seria por natureza mais bem-dotada que os demais? Ou o contato comigo poliu-a, tornando-a mais apta a aproveitar minhas lições? Agrada-me pensar, com certa complacência, que assim é.

Pronuncio seu nome, depois o meu, designando-nos alternadamente com o dedo. Ela esboça um gesto. Mas vejo sua fisionomia mudar bruscamente e ela mostra os dentes, enquanto ouço uma risadinha atrás de mim.

É Zira, que zomba sem maldade dos meus esforços, e sua presença continua a suscitar a cólera da garota. Está acompanhada por Cornelius. Este se interessa pelas minhas pesquisas e vem muitas vezes inteirar-se dos resultados. Hoje, é com outro desígnio que me procura. Parece bastante excitado.

– Gostaria de fazer uma pequena viagem comigo, Ulysse?

– Uma viagem?

– Para bem longe; quase nos antípodas. Arqueólogos descobriram ruínas extremamente curiosas por lá, segundo os relatórios que recebemos. É um orangotango que dirige as escavações, e não podemos contar com ele para interpretar corretamente esses achados. Há, nisso tudo, um enigma que me intriga e que pode trazer elementos decisivos para determinadas pesquisas que venho realizando. A Academia envia-me para lá em missão e creio que sua presença seria muito útil.

Não vejo em que poderia ajudá-lo, mas aceito com alegria essa oportunidade de conhecer outros aspectos de Soror. Ele me leva até seu escritório para me dar outros detalhes.

Vem bem a calhar essa interrupção, que é uma desculpa para eu não terminar minha ronda, pois ainda me resta um prisioneiro a visitar: o professor Antelle. Ele continua na mesma, o que torna impossível sua libertação. Graças a mim, porém, foi alojado à parte, isolado numa cela bem confortável. Visitá-lo é um dever penoso para mim. Ele não reage a nenhuma de minhas solicitações, comportando-se o tempo todo como um perfeito animal.

02

Partimos uma semana mais tarde. Zira nos acompanhava, mas teria que voltar após alguns dias para dirigir o instituto na ausência de Cornelius. Ele pretendia permanecer mais tempo no sítio das escavações, caso se mostrassem tão interessantes quanto ele presumia.

Um avião especial foi colocado à nossa disposição, um aparelho de funcionamento bem similar ao dos nossos primeiros modelos daquele gênero, mas bastante confortável e comportando uma saleta à prova de som, onde podíamos conversar sossegados. Foi lá que nos encontramos, Zira e eu, pouco depois da partida. Eu estava feliz com aquela viagem. Já me sentia bem aclimatado no mundo símio. Não ficara nem surpreso nem assustado ao ver aquele enorme avião pilotado por um macaco. Só pensava em desfrutar da paisagem e do espetáculo impressionante de Betelgeuse ao alvorecer. Havíamos atingido uma altitude de cerca de dez mil metros. O ar era de uma pureza incrível e o astro gigante destacava-se no horizonte como o nosso sol quando observado por meio de uma luneta. Zira não se cansava de admirá-lo.

– Há manhãs tão belas como esta na Terra? – ela me perguntou. – Será que o sol de vocês é tão deslumbrante quanto o nosso?

Respondi que era menor e menos vermelho, mas que bastava para nossas ambições. Em contrapartida, nosso astro noturno era maior e espalhava um luar mais intenso que o de Soror. Sentíamo-nos alegres como alunos de férias e eu brincava com ela como se fosse uma amiga muito querida. Quando Cornelius veio juntar-se a nós ao cabo de um instante, quase o odiei por perturbar nosso *tête-à-tête*. Ele estava preocupado. De uns tempos para cá, aliás, parecia nervoso. Trabalhava em excesso, realizando pesquisas pessoais que o absorviam a ponto de às vezes lhe provocar momentos de ausência total. Sempre mantivera sigilo com respeito a esses trabalhos e creio que Zira os ignorava tanto quanto eu. Eu sabia apenas que tinham relação com a origem do macaco e que o cientista chimpanzé se inclinava cada vez mais a se afastar das teorias clássicas. Naquela manhã, desvendou-me pela primeira vez alguns de seus aspectos e não demorei a compreender por que minha existência de homem civilizado era tão importante para ele. Começou por abordar um tema mil vezes debatido por nós.

– O senhor realmente me disse, Ulysse, que, na sua Terra, os macacos são verdadeiros animais? Que o homem atingiu um grau de civilização equivalente ao nosso e que, em muitos aspectos, até mesmo...? Não tenha receios de me deixar sem graça, o espírito científico ignora o amor-próprio.

– ... Sim, em muitos aspectos, o supera; isso é indiscutível. Uma das melhores provas disso é que estou aqui. Parece que o senhor está a par...

– Eu sei, eu sei – interrompeu com enfado. – Discutimos acerca de tudo isso. Só agora desvendamos segredos que vocês desvendaram há alguns séculos... E não são apenas suas declarações que me perturbam – ele continuou, pondo-se a zanzar nervosamente pela saleta. – Há muito tempo sou atormentado pela intuição, baseada em alguns indícios concretos, de que, aqui mesmo, em nosso planeta, outras inteligências detiveram a chave desse segredo num passado remoto.

Eu poderia ter respondido que aquela impressão de redescoberta também influenciara alguns espíritos da Terra. Talvez fosse mesmo universalmente disseminada e talvez servisse de base para nossa crença num Deus. Mas evitei interrompê-lo. Ele seguia um raciocínio ainda confuso, que exprimia de maneira bem reticente.

– Inteligências – repetiu pensativamente – e que talvez não fossem...

Interrompeu-se bruscamente. Estava taciturno, como que atormentado pela percepção de uma verdade que seu espírito relutava em admitir.

– O senhor também não me disse que os macacos no seu planeta possuem uma faculdade de imitação bastante desenvolvida?

– Eles nos imitam em tudo o que fazemos, quero dizer, em todos os atos que não exigem um autêntico raciocínio. Isso a tal ponto que o verbo macaquear é, para nós, sinônimo de imitar.

– Zira... – murmurou Cornelius, numa espécie de prostração –, não é também esse espírito de macaquice que nos caracteriza?

Sem dar tempo a Zira de protestar, ele prosseguiu, animado:

– Isso começa na nossa infância. Todo o nosso conhecimento baseia-se na imitação.

– São os orangotangos...

– Ei! Eles têm uma importância fundamental, uma vez que são eles que formam a juventude, com seus livros. Eles obrigam a criança macaco a repetir todos os erros de seus ancestrais. Isso explica a lentidão de nossos progressos. Há dez mil anos continuamos iguais a nós mesmos.

Esse desenvolvimento de lesma entre os macacos merece alguns comentários. Fiquei impressionado com isso ao estudar sua história, detectando nesse aspecto importantes diferenças com relação ao desabrochar do espírito humano. Tudo bem que tenhamos conhecido uma era muito parecida, de quase estagnação. Tivemos nossos orangotangos, nossos ensinamentos mistificados, nossos projetos ridículos, e esse período durou um bom tempo.

Não tão longo, todavia, quanto entre os macacos, e sobretudo não no mesmo estágio da evolução. A era obscura lastimada pelo chimpanzé estendera-se por cerca de dez mil anos. Nesse período, nenhum progresso notável fora realizado, exceto, talvez, durante o último meio século. Mas o que era extremamente curioso para mim é que suas primeiras lendas, suas primeiras crônicas, suas primeiras *lembranças* atestavam uma civilização já muito avançada, bastante semelhante, na verdade, à de hoje.

Aqueles documentos, com mais de dez mil anos de idade, autenticavam um conhecimento geral e de realizações comparáveis ao saber e às realizações atuais; e, antes deles, era a escuridão completa: nenhuma tradição oral nem escrita, nenhum vestígio. Resumindo, era como se a civilização símia houvesse emergido milagrosamente, de uma tacada só, dez mil anos antes, e se preservado desde então quase sem alterações. O macaco mediano estava acostumado a julgar esse fato natural, não imaginando outro estado de consciência; mas um espírito sutil, como Cornelius, percebia um enigma naquilo e atormentava-se.

– Há macacos capazes de criação original – protestou Zira.

– De acordo – admitiu Cornelius –, é verdade, de uns anos para cá principalmente. Ao longo do tempo, o espírito pôde se encarnar no gesto. Até mesmo deve; é o curso natural da evolução... Mas o que procuro com paixão, Zira, o que quero descobrir é como isso tudo começou. Hoje, não me parece impossível que tenha sido por uma simples imitação, na origem de nossa era.

– Imitação de quê, de quem?

Ele voltara às suas maneiras reticentes, abaixou os olhos, como se arrependido por haver falado demais.

– Impossível concluir por ora – terminou por dizer. – Faltam-me provas. Pode ser que as encontremos nas ruínas da cidade sepultada. De acordo com nossos relatórios, sua datação remonta a mais de dez mil anos, época da qual tudo ignoramos.

03

Cornelius não falou mais e parece resistir a fazê-lo, mas o que desde já vislumbro em suas teorias me deixa mergulhado numa singular exaltação.

Foi uma cidade inteira que os arqueólogos trouxeram à tona, uma cidade sepultada nas areias de um deserto, da qual não restam, infelizmente, senão ruínas. Mas essas ruínas, tenho a convicção disso, detêm um segredo prodigioso que juro desvendar. Isso deve ser possível para quem sabe observar e refletir, do que não parece capaz o orangotango que supervisiona as escavações. Recebeu Cornelius com o respeito devido à sua posição, mas com um desdém mal dissimulado pela juventude e pelas ideias originais que este às vezes emite.

Efetuar buscas em meio a pedras que se esfarinham a qualquer toque e uma areia que desmorona sob nossos passos é um trabalho de mouro. Faz um mês que nos dedicamos a isso. Zira nos deixou há muito tempo, mas Cornelius teima em prolongar sua estada. Está tão empolgado quanto eu, convencido de que é aqui, junto a esses vestígios do passado, que se acha a solução dos grandes problemas que o atormentam.

A extensão de seus conhecimentos é realmente espantosa. Para começar, fez questão de verificar pessoalmente a antiguidade da cidade. Os macacos têm métodos comparáveis aos nossos para isso, lidando com noções avançadas de química, física e geologia. Em relação a esse ponto, o chimpanzé houve por bem concordar com os cientistas oficiais: a cidade é muito, muito antiga. Tem muito mais de dez mil anos, isto é, constitui um documento único, tendendo a provar que a civilização símia atual não nasceu do nada, por milagre.

Alguma coisa existiu antes da era atual. O quê? Decorrido este mês de buscas febris, nossa decepção é grande, pois tudo indica que aquela cidade pré-histórica não é muito diferente da cidade de hoje. Encontramos ruínas de casas, vestígios de fábricas, indícios que provavam que aqueles ancestrais possuíam automóveis e aviões assim como os macacos atuais. O que faz as origens do espírito retrocederem muito longe no passado. Sinto que isso não era tudo o que Cornelius esperava; não era tudo o que eu esperava.

Esta manhã, Cornelius chegou mais cedo que eu no sítio de escavações, onde os operários exumaram uma casa de paredes grossas, construídas com uma espécie de cimento, que parece mais bem-preservada que as outras. O interior está tomado por areia e escombros, que eles começaram a passar na peneira. Até ontem não haviam encontrado mais do que nas outras seções: fragmentos de tubulações, aparelhos domésticos, utensílios de cozinha. Ainda espreguiço um pouco na soleira da barraca que divido com o cientista. De onde estou, vejo o orangotango dar ordens ao capataz, um jovem chimpanzé de olhar ladino. Não vejo Cornelius. Está no fosso com os operários. Bota frequentemente a mão na massa, temendo que eles façam alguma besteira e que um achado interessante lhes escape.

Aqui está ele, justamente saindo do buraco, e não demoro a perceber que fez uma descoberta excepcional. Segura com as duas mãos um pequeno objeto que não identifico. Afastou sem cerimônia o velho orangotango que tentava se apoderar do objeto e deposita-o no solo com mil precauções. Olha na minha direção e acena com veemência. Ao me aproximar, fico impressionado com a alteração de seus traços.

– Ulysse, Ulysse!

Nunca o vi nesse estado. Mal consegue falar. Os operários, que também saíram do fosso, formam um círculo em torno do seu achado e me impedem de vê-lo. Apontam-no com o dedo um para o outro e parecem, por sua vez, curiosos. Alguns riem abertamente. São quase todos robustos gorilas. Cornelius os mantém a distância.

– Ulysse!

– O que aconteceu agora?

Percebo o objeto pousado na areia, ao mesmo tempo que ele murmura, com uma voz estrangulada:

– Uma boneca, Ulysse, uma boneca!

É uma boneca, uma simples boneca de porcelana. Um milagre preservou-a praticamente intacta, com fiapos de cabelos e olhos que ainda carregam películas coloridas. É uma visão tão familiar para mim que a princípio não compreendo a emoção de Cornelius. Preciso de vários segundos para me dar conta... Captei! O insólito me invade e não demora a me assombrar. É uma boneca *humana*, que representa uma garota, uma garota das nossas. Mas recuso-me a ser arrastado por quimeras. Antes de proclamar o prodígio, devo examinar uma a uma suas possíveis causas banais. Um cientista como Cornelius deve certamente tê-lo feito. Vejamos, entre as bonecas de crianças símias, existem algumas, poucas, mas enfim algumas, com forma animal e até mesmo humana. Não é a mera presença deste exemplar que abala tanto o chimpanzé... Lá vou eu de novo: os brinquedos dos macaquinhos que representam animais não são de porcelana; e, o mais importante, em geral não usam *roupas*; pelo menos como criaturas racionais. E esta boneca, estou lhes dizendo, está vestida como uma boneca do nosso planeta, com blusa, saia e calcinha – vestida do jeito que uma menininha da Terra vestiria sua boneca favorita, com o capricho que uma macaquinha de Soror dispensaria à sua boneca macaca; um capricho que nunca, *nunca*, teria ao travestir uma forma animal com a forma humana. Compreendo, compreendo cada vez mais a aflição do meu sutil amigo chimpanzé.

E isso não é tudo. Esse brinquedo apresenta outra anomalia, uma extravagância que fez rirem todos os operários e até mesmo sorrir o solene orangotango que dirige as escavações. A boneca *fala*. Fala como uma boneca das nossas. Ao pousá-la no chão, Cornelius apertou por acaso o mecanismo, que permanecera intacto, e ela falou. Oh!, não fez um discurso. Pronunciou uma palavra, uma simples palavra de duas sílabas: *pa-pa*. Pa-pa, diz novamente a boneca, quando Cornelius a pega novamente e a gira em todos os sentidos em suas ágeis patas. A palavra é a mesma em francês e em linguagem símia, talvez igualmente em muitas outras línguas deste cosmo misterioso, e tem a mesma significação. Pa-pa, repete a boneca humana, e é isso o que faz ruborizar o focinho do meu sagaz companheiro; é isso o que me transtorna a ponto de eu ser obrigado a me conter para não gritar, enquanto ele me puxa à parte, carregando sua valiosa descoberta.

– Que grandessíssimo imbecil! – murmurou após um longo silêncio.

Sei de quem ele fala e partilho sua indignação. O velho e condecorado orangotango viu naquilo um simples brinquedo de macaquinha, que um fabricante excêntrico, vivendo num passado remoto, teria dotado de fala. É inútil sugerir-lhe outra explicação. Cornelius sequer tenta. A que se apresenta espontaneamente a seu espírito parece-lhe tão perturbadora que ele a guarda para si. Não diz uma palavra, nem mesmo a mim, mas sabe que adivinhei tudo.

Continua pensativo e mudo durante o resto do dia. A impressão agora é de que reluta em prosseguir com as escavações e se arrepende de suas insinuações. Com os ânimos serenados, lamenta eu ter sido testemunha de sua descoberta.

No dia seguinte, tenho a prova de que se arrepende de me haver trazido até aqui. Após uma noite de reflexão, ele me diz, evitando meu olhar, que decidiu me mandar de volta para o instituto, onde eu poderia empreender estudos mais importantes do que naquelas ruínas. Minha passagem de avião está reservada. Parto dentro de vinte e quatro horas.

04

Suponhamos, ruminei, que em outros tempos os homens tenham reinado como soberanos neste planeta. Suponhamos que uma civilização humana, semelhante à nossa, tenha florescido em Soror, há mais de dez mil anos...

Essa não é em absoluto uma hipótese absurda; ao contrário. Mal a formulei, sinto a exaltação propiciada pela descoberta da única trilha certa entre os atalhos enganadores. É nessa via, sei disso, que se acha a solução do intrigante mistério símio. Percebo que meu inconsciente sempre sonhara com uma explicação desse gênero.

Estou no avião que me leva de volta à capital, na companhia de um secretário de Cornelius, um chimpanzé pouco expansivo. Não sinto necessidade de conversar com ele. Aviões sempre me inclinaram à meditação. Não terei melhor oportunidade do que essa viagem para pôr ordem nas minhas ideias.

... Suponhamos então a existência remota de uma civilização semelhante à nossa no planeta Soror. Seria plausível criaturas destituídas de sabedoria haverem-na perpetuado mediante um simples processo de imitação? A resposta a essa pergunta me parece temerária, mas, de tanto revolvê-la na cabeça, um monte de argumentos apresenta-se a mim, os quais pouco a pouco destroem seu caráter extravagante. Que máquinas avançadas possam nos suceder um dia se trata, lembro-me perfeitamente, de uma ideia bastante corriqueira na Terra. Corriqueira não apenas entre poetas e romancistas, mas em todas as classes da sociedade. Talvez seja pelo fato de ser assim tão difundida, nascida espontaneamente da imaginação popular, que ela entedia os espíritos superiores. Talvez seja igualmente por essa razão que encerra uma parcela de verdade. Apenas uma parcela: máquinas serão sempre máquinas; o robô mais avançado, sempre um robô. Mas e se for o caso de criaturas vivas com um certo grau de psiquismo, como os macacos? E, *precisamente*, macacos são dotados de um aguçado senso de imitação.

Fecho os olhos. Deixo-me embalar pelo ronco dos motores. Sinto necessidade de conversar comigo mesmo para justificar meu ponto de vista.

O que caracteriza uma civilização? Será o gênio excepcional? Não; é a vida rotineira... Hum! Sejamos justos com o espírito. Concedamos que é acima de tudo a arte, e, em primeiro lugar, a literatura. Acha-se esta realmente fora do alcance de nossos grandes macacos superiores, se admitirmos que eles sejam capazes de combinar palavras? De que é feita nossa literatura? De obras-primas? A resposta é, mais uma vez, não. Mas quando um livro original é escrito – não aparece um há mais de um ou dois séculos –, os homens de letras o *imitam*, isto é, o copiam, de maneira que são publicadas centenas de milhares de obras tratando exatamente dos mesmos temas, com títulos um pouco diferentes e combinações de frases modificadas. Isso os macacos, essencialmente *imitadores*, devem ser capazes de realizar, com a condição, não obstante, de que utilizem a linguagem.

Em suma, é a linguagem que consiste na única objeção válida. Mas atenção! Não é indispensável que os macacos compreendam o que copiam para compor cem mil volumes a partir de um único. Isso é tão desnecessário para eles quanto para nós. Como para nós, basta-lhes repetir frases após tê-las escutado. Todo o restante do processo literário é puramente mecânico. É nesse ponto que a opinião de alguns cientistas-biólogos ganha todo o peso: não existe nada na anatomia dos macacos, sustentam, que se oponha ao uso da fala; nada, exceto a vontade. Pode-se muito bem conceber que a vontade tenha se encarnado neles um dia, em consequência de uma brusca mutação.

A perpetuação de uma literatura como a nossa por macacos falantes não colide, portanto, de forma alguma, com o entendimento. É possível que, com o passar do tempo, alguns *macacos de letras* tenham subido um degrau na escada intelectual. Como diz meu erudito amigo Cornelius, o espírito encarnou-se no gesto – no caso, no mecanismo da fala – e algumas ideias originais puderam surgir no novo mundo símio, ao ritmo de uma por século, como no nosso planeta.

Seguindo intrepidamente essa linha de pensamento, logo vim a me convencer de que animais amestrados podiam muito bem ter executado as pinturas e esculturas que eu admirara nos museus da capital, e, de um modo geral, revelarem-se peritos em todas as artes humanas, incluindo a arte cinematográfica.

Tendo considerado em primeiro lugar as mais eminentes atividades do espírito, era fácil estender minha tese a outros feitos. Nossa indústria não resistiu muito tempo à minha análise. Pareceu-me evidente que ela não necessitava da presença de nenhuma iniciativa racional para se propagar com o tempo. Basicamente, comportava rotinas que ditavam sempre os mesmos gestos, em que macacos podiam se revezar sem maiores problemas; nos escalões superiores, funcionários cuja função consistia em elaborar determinadas relações e pronunciar determinadas palavras em determinadas circunstâncias. Tudo derivava de reflexos condicionados. Nos níveis mais elevados da administração, a macaquice era mais fácil ainda de admitir.

Para dar continuidade ao nosso sistema, gorilas teriam apenas que imitar algumas atitudes e pronunciar algumas palavras, todas calcadas no mesmo modelo.

Fui, assim, capaz de evocar sob uma nova ótica todas as atividades da nossa Terra e de imaginá-las executadas por macacos. Deixei-me seduzir com certa satisfação por esse jogo, que não exigia mais nenhuma tortura intelectual. Dessa forma, reconsiderei diversas reuniões políticas às quais eu assistira como jornalista. Rememorei as declarações de sempre feitas pelas personalidades que eu fora levado a entrevistar. Revivi com intensidade especial um processo célebre que eu acompanhara alguns anos antes.

O advogado de defesa era um dos bambas do tribunal. Por que ele me aparecia agora sob os traços de um altivo gorila, assim como, aliás, o promotor, outra celebridade? Por que eu assimilava o desencadear de seus gestos e de suas intervenções a reflexos condicionados resultantes de um bom adestramento? Por que o presidente do tribunal confundia-se com um orangotango solene recitando frases decoradas, cuja emissão era automática, calcada, por sua vez, na fala de uma testemunha qualquer ou em determinado murmúrio da multidão?

Assim passei o fim da viagem, às voltas com essas sugestivas associações. Quando abordei o mundo das finanças e dos negócios, minha última evocação foi um espetáculo tipicamente simiesco, lembrança recente do planeta Soror. Tratava-se de uma sessão na Bolsa a que um amigo de

Cornelius fizera questão de me levar, pois era uma das curiosidades da capital. Eis o que eu vira, um quadro que se recompunha no meu espírito com curiosa nitidez durante os últimos minutos do regresso.

A Bolsa era um prédio alto, envolvido por uma atmosfera estranha, criada por um burburinho denso e confuso que ia engrossando quando nos aproximávamos, até se transformar num alvoroço ensurdecedor. Entramos e logo nos vimos no centro do tumulto. Encolhi-me contra uma coluna. Embora habituado aos indivíduos macacos, eu ficava atônito sempre que tinha uma multidão compacta ao meu redor. Era esse o caso, e o espetáculo me pareceu ainda mais estapafúrdio que o da reunião de cientistas, durante o famoso congresso. Imaginem uma sala imensa em todas as suas dimensões, e ocupada, abarrotada, por macacos berrando, gesticulando, correndo de maneira absolutamente desordenada, macacos histéricos, macacos que não apenas cruzavam-se e atropelavam-se no piso, mas cuja massa ululante elevava-se até o teto, situado a uma altura que me dava vertigem. Pois escadas, trapézios e cordas estavam dispostos nesse lugar e lhes serviam a todo instante para se deslocar. Dessa forma, ocupavam todo o volume do local, que assumia o aspecto de uma gigantesca jaula montada para as grotescas exibições dos quadrúmanos.

Os macacos literalmente voavam nesse espaço, agarrando-se sempre a um dispositivo no momento em que eu achava que iam cair; isso num alarido infernal de exclamações, interpelações, gritos e até mesmo sons que não lembravam nenhuma linguagem civilizada. Havia macacos que *latiam*; exatamente, que latiam sem razão aparente, lançando-se de um lado a outro da sala, pendurados na ponta de uma corda comprida.

– Já viu coisa igual? – perguntou-me com orgulho o amigo de Cornelius.

Concordei de boa vontade. Eu precisava realmente de todo o meu conhecimento prévio dos macacos para poder considerá-los criaturas racionais. Nenhum ser sensato levado àquele circo poderia escapar à conclusão de que assistia aos embates de loucos ou animais furiosos. Nenhum lampejo de inteligência brilhava nos olhares, e, ali, eram todos iguais. Eu não conseguia distinguir um do outro. Todos vestidos de forma parecida, usavam a mesma máscara, que era a da loucura.

O que havia de mais perturbador na minha visão é que, por um fenômeno inverso ao que ainda há pouco me fizera atribuir forma de gorila ou orangotango aos personagens de uma cena terrestre, aqui eu via os membros daquela multidão insana sob aparências humanas. Eram homens o que eu via – berrando, ladrando e pendurando-se na ponta de um cipó para atingir seu objetivo o mais rápido possível. Uma febre impelia-me a reviver outros aspectos dessa cena. Lembrei que, após observar longamente, eu acabara percebendo alguns indícios de que, apesar de tudo, aquela horda pertencia a uma organização civilizada. Uma palavra articulada destacava-se às vezes dos berros bestiais. Empoleirado numa estrutura de altura vertiginosa, um gorila, sem interromper as gesticulações histéricas de suas mãos, agarrava com uma pata mais firme um pedaço de giz e escrevia num quadro um número provavelmente significativo. A esse gorila também eu atribuí traços humanos.

Só consegui escapar a essa espécie de alucinação ao voltar ao meu esboço de teoria sobre as origens da civilização símia, tendo encontrado novos argumentos a seu favor nessa reminiscência do mundo das finanças.

O avião pousava. Eu estava de volta à capital. Zira viera me esperar no aeroporto. Avistei de longe seu gorro de colegial colado na orelha e senti uma grande alegria. Quando a reencontrei, após as formalidades da alfândega, tive que me conter para não a tomar nos braços.

05

Passei na cama o mês que se seguiu ao meu retorno, às voltas com uma doença provavelmente contraída no sítio das escavações e cujos sintomas foram violentos acessos de febre, semelhantes aos do paludismo. Não sentia dores, mas tinha o espírito afogueado, com os elementos da assombrosa verdade que eu vislumbrara voltando incessantemente à minha cabeça. Não restava mais dúvida para mim de que uma era humana precedera a era simiesca no planeta Soror, e essa convicção mergulhava-me numa curiosa embriaguez.

Pensando bem, entretanto, não sei se devo vangloriar-me dessa descoberta ou sentir-me profundamente humilhado. Meu amor-próprio constata com satisfação que os macacos não inventaram nada, que foram simples imitadores. A humilhação fica por conta de uma civilização humana ter sido tão facilmente assimilada por macacos.

Como isso pôde acontecer? Meu delírio gira infindavelmente em torno do problema. Tudo bem, nós, civilizações, há muito sabemos que somos mortais, mas uma extinção total é intrigante demais. Colisão brutal? Cataclismo? Ou lenta degradação de alguns e ascensão progressiva de outros? Inclino-me para esta última hipótese e descubro indícios altamente sugestivos a respeito dessa evolução nas condições e preocupações atuais dos macacos.

Por exemplo, compreendi claramente a origem da importância que eles atribuem às pesquisas biológicas. Na ordem antiga, muitos macacos deviam servir de cobaias para os homens, como é o caso nos nossos laboratórios. Foram eles os primeiros a passar o bastão, foram eles os pioneiros da revolução. Terão naturalmente começado por imitar os gestos e as atitudes observados em seus mestres, e esses mestres eram pesquisadores, biólogos, médicos, enfermeiros e guardas. Daí o grande sigilo que cercava a maioria de suas realizações, o que subsiste ainda nos dias de hoje.

E os homens durante esse tempo?

Chega de especular sobre os macacos! Já faz dois meses que não vejo meus ex-colegas de cativeiro, meus irmãos humanos. Estou melhor hoje. Não tenho mais febre. Ontem eu disse a Zira – Zira cuidou de mim como uma irmã durante a minha doença –, eu lhe disse que pretendia voltar aos meus estudos em seu setor. Isso pareceu não agradá-la, mas ela não fez objeção. É hora de lhes fazer uma visita.

Aqui estou novamente na sala das jaulas. Uma estranha emoção me invade no umbral da porta. Vejo agora estas criaturas sob uma nova luz. Foi com ansiedade que me perguntei, antes de me decidir a entrar, se iriam me reconhecer após a minha longa ausência. Ora, reconheceram-me. Todos os olhos grudaram em mim, como antigamente, e até mesmo com uma espécie de deferência. Estarei sonhando ao detectar nisso uma nova luz, a mim destinada, com um brilho diferente da que eles dirigem a seus guardiões macacos? Um reflexo impossível de descrever, mas em que julgo distinguir a curiosidade despertada, uma emoção insólita, sombras de lembranças ancestrais que buscam emergir da bestialidade e talvez... a centelha bruxuleante da esperança.

Acho que eu próprio alimento inconscientemente essa esperança há algum tempo. Não é ela que me impregna dessa exaltação febril? Não seria eu, eu, Ulysse Mérou, o homem que o destino guiou a este planeta para ser o instrumento da regeneração humana?

Eis enfim explicitada essa ideia difusa que há um mês me obceca. O Bom Deus não joga dados, como dizia outrora um físico. Não existe acaso no cosmo. Minha viagem para o mundo de Betelgeuse havia sido decidida por uma consciência superior. Cabe a mim mostrar-me digno dessa escolha e ser o novo Salvador daquela humanidade decaída.

Como antes, dei uma volta lenta pela sala. Obrigo-me a não correr até a jaula de Nova. O enviado do destino possui o direito de ter favoritos? Dirijo-me a cada um de meus indivíduos... Ainda não é hoje que irão falar; consolo-me; tenho a vida inteira para realizar a minha missão.

Agora me aproximo da minha antiga jaula com uma desenvoltura calculada. Olho displicentemente, mas não percebo os braços de Nova estendidos através da grade; não ouço os gritos alegres com os quais ela se acostumara a me receber. Um sombrio pressentimento me invade. Não consigo me conter. Corro. A jaula está vazia.

Chamo um dos guardas, com uma voz autoritária que faz estremecerem todos os cativos. É Zanam que aparece. Ele não gosta muito que eu lhe dê ordens, mas Zira intimou-o a ficar à minha disposição.

– Onde está Nova?

Respondeu que não sabia de nada, com uma cara antipática. Foi levada um dia e não lhe deram explicações. Insisto, sem sucesso. Finalmente, por sorte, chega Zira, que vem fazer sua ronda de inspeção. Parece constrangida e começa por outro assunto.

– Cornelius acaba de chegar. Ele gostaria de vê-lo.

Estou me lixando, neste momento, para Cornelius, para todos os chimpanzés, todos os gorilas e outros monstros que possam aterrorizar céus e infernos. Aponto um dedo para a cela:

– Nova?

– Doente – disse a macaca. – Foi transferida para uma ala especial. – Faz um sinal para mim e me leva para fora, longe do guarda. – O administrador me fez prometer guardar segredo. Mas acho que você deve saber.

– Ela está doente?

– Nada grave; mas é um acontecimento suficientemente importante para que alertemos nossas autoridades. Nova está prenha.

– Ela está...

– Quero dizer: está grávida – volveu a macaca, observando-me com curiosidade.

06

Continuo paralisado pelo choque, sem compreender ainda todo o alcance desse fato. Sou assaltado em primeiro lugar por uma profusão de detalhes triviais, e me atormenta acima de tudo uma pergunta inquietante: como podem não ter me avisado? Zira não me dá tempo de protestar.

– Percebi há dois meses, na volta da minha viagem. Os gorilas nem se deram conta. Telefonei para Cornelius, que teve, por sua vez, uma longa conversa com o administrador. Ambos concordaram que era preferível guardar segredo. Além deles e de mim, ninguém mais está a par. Ela está numa jaula isolada e sou eu a responsável.

Vejo essa dissimulação como uma traição por parte de Cornelius e percebo claramente o constrangimento de Zira. Parece-me que uma conspiração está sendo tramada.

– Fique tranquilo. Ela está sendo bem-tratada e não lhe falta nada. Dispenso-lhe todos os cuidados. Nunca uma gravidez de um humano foi cercada de tantas precauções.

Abaixo os olhos como um colegial flagrado em erro pelo seu ar zombeteiro. Ela se obriga a assumir um tom irônico, mas sinto que está perturbada. Claro, sei que não apreciou minha intimidade física com Nova, a partir do momento em que admitiu minha real natureza, mas há algo que não é despeito em seu olhar. É seu apego por mim que a deixa inquieta. Esses mistérios a respeito de Nova não pressagiam nada de bom. Imagino que ela não tenha me falado toda a verdade, que o Grande Conselho está a par da situação e que as discussões se deram num escalão bem elevado.

– Quando ela vai parir?

– Em três ou quatro meses.

O lado tragicômico da situação deixa-me subitamente abobalhado. Vou ser pai no sistema de Betelgeuse. Vou ter um filho no planeta Soror, de uma mulher pela qual sinto uma grande atração física, às vezes compaixão, mas que tem o cérebro de um animal. Nenhuma criatura no cosmo viu-se às voltas com tamanha aventura. Tenho vontade de rir e de chorar ao mesmo tempo.

– Quero vê-la, Zira! – Ela se mostra desapontada.

– Eu sabia que você pediria isso. Já falei com Cornelius e acho que ele consentirá. Espero você no escritório dele.

– Cornelius é um traidor!

– Você não tem o direito de dizer uma coisa dessas. Ele está dividido entre seu amor pela ciência e seu dever de macaco. É natural que esse nascimento próximo inspire-lhe graves apreensões.

Minha angústia aumenta à medida que a sigo pelos corredores do instituto. Imagino o ponto de vista dos cientistas macacos e seu temor de ver surgir uma nova raça que... Com mil raios! Vejo muito bem, agora, como pode terminar a missão de que me sinto incumbido.

Cornelius recebe-me com palavras amáveis, mas um grande embaraço se estabeleceu entre nós. Há momentos em que ele me olha com uma espécie de terror. Faço um esforço para não abordar de imediato o assunto que não me sai da cabeça. Peço-lhe notícias de sua viagem e da conclusão de seu trabalho nas ruínas.

– Apaixonante. Tenho um conjunto de provas irrefutáveis.

Seus olhinhos inteligentes animaram-se. Não foi capaz de se conter e alardeia seu sucesso. Zira tem razão: ele está dividido entre seu amor pela ciência e seu dever de macaco. Neste momento, é o cientista que fala, o cientista entusiasta, para quem conta apenas o triunfo de suas teorias.

– Esqueletos – diz ele. – Não um, mas um conjunto, descoberto em circunstâncias e numa escala tais que se trata, sem contestação possível, de um cemitério. Dá para convencer os mais obtusos. Nossos orangotangos, naturalmente, teimam em ver nisso apenas coincidências curiosas.

– E esses esqueletos?

– Não são símios.

– Percebo.

Nos entreolhamos. Com o entusiasmo em parte arrefecido, prosseguiu, lentamente:

– Não posso esconder isto do senhor, o senhor já chegou lá: são esqueletos de homens.

Zira certamente está a par, pois não manifesta nenhuma surpresa. Ambos continuam a me fitar com insistência. Por fim, Cornelius decide atacar diretamente o problema.

– Hoje tenho certeza – admite – de que existiu antigamente em nosso planeta uma raça de seres humanos dotados de um espírito comparável ao seu e ao dos homens que povoam a sua Terra, raça que degenerou e regrediu ao estado bestial... Por sinal, encontrei aqui, na minha volta, outras provas do que afirmo.

– Outras provas?

– Sim, foi o diretor do setor encefálico, um jovem chimpanzé de grande futuro, que as descobriu. Ele é realmente talentoso... O senhor estaria errado em julgar – continua ele com uma ironia dolorosa – que os macacos sempre foram imitadores. Fizemos inovações notáveis em determinados ramos da ciência, particularmente no que se refere a experimentos com o cérebro. Um dia irei mostrar-lhe os resultados, se puder. Tenho certeza de que irão impressioná-lo.

Parece querer persuadir a si próprio do gênio simiesco e exprime-se com uma agressividade inútil. Nunca o ataquei nesse sentido. Era ele quem lastimava a falta de espírito criativo nos macacos, dois meses atrás. Prossegue, num arroubo de orgulho:

– Acredite em mim, um dia iremos superar os homens em todas as áreas. Não foi em consequência de um acidente, como talvez possa pensar, que os sucedemos. Esse acontecimento estava inscrito nas linhas da evolução. Após a era do homem racional, um ser superior deveria substituí-lo, preservar os resultados essenciais de suas conquistas, assimilá-las durante um período de aparente estagnação, antes de irromper para um novo desabrochar.

É uma maneira nova de analisar o episódio. Eu poderia lhe responder que muitos homens, na Terra, tiveram o pressentimento de que um ser superior os sucederia um dia, mas nenhum cientista, filósofo ou poeta jamais imaginou esse super-homem sob os traços de um macaco. Mas não me sinto muito propenso a discutir esse ponto. Afinal de contas, o essencial não é o espírito encarnar-se num organismo qualquer? Pouco importa a forma deste último. Tenho muitas outras perguntas na cabeça; desvio a conversa para Nova e seu estado. Ele não faz nenhum comentário e procura me consolar.

– Não se aflija. Espero que dê tudo certo. Será provavelmente uma criança como todas as criancinhas de Soror.

– Espero francamente que não. Tenho certeza de que falará!

Não pude deixar de protestar com indignação. Zira franziu o cenho para me mandar calar.

– Não alimente muita esperança – disse Cornelius, gravemente. – No interesse da criança e no seu. – Acrescenta num tom familiar:

– Se ela falasse, não sei se eu poderia continuar a protegê-lo, como agora. O senhor então não se deu conta de que o Grande Conselho está ciente e de que recebi ordens rigorosas para manter esse nascimento em segredo? Se as autoridades soubessem que o senhor está a par, eu seria exonerado, assim como Zira, e o senhor se veria sozinho diante de...

– Diante de inimigos?

Ele desvia os olhos. É realmente o que eu pensava; sou considerado um perigo para a raça símia. Apesar de tudo, alegra-me sentir em Cornelius um aliado, quando não um amigo. Zira deve ter defendido minha causa com mais ardor do que me deu a entender, e ele não fará nada que a contrarie. Recebo sua autorização para visitar Nova, às escondidas, naturalmente.

Zira me leva até um pequeno prédio isolado, cuja chave apenas ela possui. A sala em que me faz entrar não é grande. Há apenas três jaulas, e duas estão vazias. Nova ocupa a terceira. Ouviu nossa chegada, e seu instinto avisou-a de minha presença, pois se levantou e estendeu os braços antes de me ver. Aperto-lhe as mãos e esfrego meu rosto no seu. Zira dá de ombros com um ar de desdém, mas me entrega a chave da jaula e vai vigiar o corredor. Que alma generosa tem essa macaca! Que mulher seria capaz de tamanha delicadeza? Adivinhou que tínhamos um monte de coisas a dizer e deixou-nos a sós.

Coisas a dizer? Ai de mim! Esqueço-me mais uma vez da miserável situação de Nova. Precipitei-me dentro da jaula, apertei-a nos braços, falei com ela como se ela pudesse me compreender, como teria falado com Zira, por exemplo.

Não compreende? Não tem pelo menos uma intuição confusa da missão de que estamos incumbidos, daqui para a frente, tanto ela como eu?

Deitei-me na palha a seu lado, alisei o fruto de nossos amores insólitos. Em todo caso, percebo que sua situação atual conferiu-lhe uma personalidade e dignidade que ela não possuía antes. Estremece quando passeio meus dedos pela sua barriga. Seu olhar adquiriu uma nova intensidade, isso é certo. De repente, gagueja penosamente as sílabas do meu nome, que eu lhe ensinara articular. Não esqueceu minhas aulas. Estou louco de alegria. Mas seu olhar volta a ficar opaco e ela se esquiva para devorar as frutas que eu lhe trouxe.

Zira está de volta; é hora de nos separarmos. Saio com ela. Sentindo-me desamparado, ela me acompanha de volta ao meu apartamento, onde começo a chorar como uma criança.

– Oh! Zira, Zira!

Enquanto ela me cobre com carinhos de mãe, disparo a falar, a lhe falar com ternura, sem rodeios, desvencilhando-me finalmente da onda de sentimentos e ideias que Nova não pode apreciar.

07

Admirável macaca! Graças a ela, pude visitar Nova muitas vezes durante esse período. Passei horas espreitando a chama intermitente de seu olhar, e as semanas transcorriam na expectativa impaciente do nascimento.

Um dia Cornelius resolveu me levar para conhecer o setor encefálico de que me falara maravilhas. Apresentou-me ao diretor do serviço, aquele jovem chimpanzé chamado Helius cujos talentos ele me gabara, e desculpou-se por não poder me acompanhar em virtude de um trabalho urgente.

– Voltarei daqui a uma hora para lhe mostrar pessoalmente a pérola de nossos experimentos – ele disse –, a que fornece as provas do que lhe falei. Enquanto isso, tenho certeza de que gostará de ver os casos clássicos.

Helius fez-me entrar numa sala igualzinha às do instituto, equipada com duas fileiras de jaulas. Fiquei impressionado, ao entrar, com um cheiro farmacêutico similar ao do clorofórmio. Tratava-se, com efeito, de um anestésico. Todas as intervenções cirúrgicas, informou o meu guia, eram agora realizadas em indivíduos dopados. Insistiu muito nesse ponto, atestando o alto nível atingido pela civilização símia, preocupada em suprimir todo sofrimento inútil, até mesmo nos homens. Eu poderia, portanto, ficar sossegado.

Eu estava apenas um pouquinho. Fiquei ainda menos quando ele concluiu mencionando uma exceção a essa regra, o caso, precisamente, dos experimentos com a finalidade de estudar o sofrimento e localizar os centros nervosos onde ele se origina. Mas eu não devia ver isso hoje.

Aquilo não adiantou para tranquilizar minha sensibilidade humana. Lembrei-me de que Zira tentara me dissuadir de visitar aquele setor, aonde ela mesma só ia quando era obrigada. Tive vontade de dar meia-volta, mas Helius não me deu tempo para isso.

– Se quiser assistir a uma operação, há de constatar pessoalmente que o paciente não sofre. Não? Então, vamos aos resultados.

Deixando de lado a cela fechada de onde emanava o cheiro, ele me arrastou para as jaulas. Na primeira, vi um adolescente de belas feições, mas de uma magreza extrema. Estava de bruços em sua enxerga. À frente dele, quase debaixo do nariz, haviam depositado uma cuia que continha um mingau de cereais açucarados, pelos quais os homens eram loucos. Ele a mirava com um olho esbugalhado, sem esboçar qualquer gesto.

– Veja – disse-me o diretor. – Esse menino está faminto; não come há vinte e quatro horas. Ainda assim, não reage na presença de sua comida favorita. Isso é resultado da ablação de uma parte do cérebro anterior, praticada sobre ele faz alguns meses. Desde então, não sai desse estado e temos que alimentá-lo à força. Observe sua magreza.

Fez o adolescente sinal para um enfermeiro, que entrou na jaula e mergulhou a cara do indivíduo na cuia. Este começou então a lamber o mingau.

– Um caso banal; eis outros mais interessantes. Realizamos sobre cada um desses indivíduos uma cirurgia que altera diversas regiões da calota cerebral.

Passamos em frente a uma série de jaulas ocupadas por homens e mulheres de todas as idades. Na porta de cada uma delas, uma tabuleta designava a intervenção sofrida, com grande requinte de detalhes técnicos.

– Algumas dessas regiões compreendem os reflexos inatos; outras, os reflexos adquiridos. Este, por exemplo...

Quanto a este, a tabuleta indicava que lhe haviam extirpado uma zona inteira da região occipital. Ele não distinguia mais a distância nem a forma dos objetos, o que manifestou por uma série de gestos descoordenados quando um enfermeiro aproximou-se dele. Era incapaz de evitar um galho atravessado em seu caminho. Ao contrário, uma fruta oferecida inspirava-lhe confusão e ele procurava se afastar com terror. Não conseguia agarrar as barras de sua jaula e fazia tentativas grotescas, fechando seus dedos no vazio.

– Este outro – disse o chimpanzé, piscando o olho – era antigamente um indivíduo notável. Havíamos até conseguido amestrá-lo de uma maneira espantosa. Sabia o próprio nome e obedecia, até certo ponto, a ordens simples. Resolvera problemas bastante complicados e aprendeu a utilizar ferramentas rudimentares. Hoje, esqueceu toda a sua educação. Ignora seu nome. Não sabe fazer mais nada. Tornou-se o mais estúpido dos nossos homens; isto em consequência de uma cirurgia particularmente delicada: a extração dos lobos temporais.

Com o coração em pânico diante daquela sucessão de horrores, comentados por um chimpanzé antipático, vi homens em parte ou totalmente paralisados, outros, privados artificialmente da visão. Vi uma jovem mãe cujo instinto maternal, antes bastante desenvolvido, me assegurou Helius, havia desaparecido completamente após uma intervenção no córtex cervical. Passou a repelir com violência um de seus bebês, sempre que ele tentava se aproximar. Aquilo era demais para mim. Pensei em Nova, em sua maternidade próxima, e apertei os punhos com raiva. Felizmente, Helius me fez passar a outra sala, o que me deu tempo de me recobrar.

– Aqui – ele me disse com um ar misterioso –, temos acesso a pesquisas mais delicadas. Não é mais o bisturi que entra em jogo; é um agente mais sutil. Trata-se da estimulação elétrica de certos pontos do cérebro. Fizemos testes notáveis muito bem-sucedidos. Vocês praticam isso na Terra?

– Em macacos! – exclamei, furioso. O chimpanzé não se zangou e sorriu.

– Naturalmente. Todavia, não creio que obtenham resultados tão perfeitos quanto os nossos, comparáveis aos que o doutor Cornelius quer lhe mostrar pessoalmente. Enquanto isso, continuemos no espectro dos casos rotineiros.

Empurrou-me em seguida para diante de jaulas onde enfermeiros ainda estavam em ação. Aqui, os indivíduos eram deitados numa espécie de mesa. Uma incisão no crânio deixava a descoberto determinada região do cérebro. Um macaco aplicava eletrodos, enquanto outro ministrava a anestesia.

– O senhor constatará que, aqui também, insensibilizamos os indivíduos: um anestésico leve, sem o qual os resultados seriam falsos, mas o paciente não sofre nenhuma dor.

Dependendo do ponto de aplicação dos eletrodos, o indivíduo entregava-se a movimentos diversos, afetando quase sempre apenas uma metade do corpo. Um homem dobrava a perna esquerda a cada pulso elétrico, desdobrando-a assim que o contato era interrompido. Outro efetuava o mesmo movimento com um dos braços. No caso seguinte, era o ombro inteiro que se punha a rodar espasmodicamente sob a ação da corrente. Um pouco mais adiante, num paciente muito jovem, tratava-se da região que comandava os músculos do maxilar. Então o infeliz punha-se a mastigar, a mastigar incansavelmente, com um esgar pavoroso, enquanto o resto de seu corpo adolescente permanecia imóvel.

– Observe o que acontece quando a duração do contato é prolongada – comentou Helius. – Este é um teste que levamos ao extremo limite.

A criatura a que se infligia esse tratamento era uma bela garota, que me lembrou Nova por certos traços. Vários enfermeiros, macacos machos e fêmeas de jaleco branco, agitavam-se em torno de seu corpo nu. Os eletrodos foram fixados por uma macaca de rosto pensativo. A garota começou imediatamente a agitar os dedos da mão esquerda. A macaca manteve a conexão, em vez de interceptá-la após alguns instantes como nos outros casos. O movimento dos dedos tornou-se então frenético e, pouco a pouco, o pulso retesou-se. Mais um instante, e foi o antebraço, depois o braço e o ombro. A agitação logo estendeu-se, de um lado para o quadril, a coxa, a perna até os dedos do pé, de outro para os músculos da face. De maneira que, no fim de dez minutos, toda a metade esquerda da infeliz era sacudida por espasmos convulsivos, horríveis de se ver, cada vez mais precipitados, cada vez mais violentos.

– Este é o fenômeno da *extensão* – disse calmamente Helius. – É bem conhecido e resulta num estado de convulsão que apresenta todos os sintomas da epilepsia, epilepsia muito curiosa, aliás, não afetando senão metade do corpo.

– Basta!

Não consegui reprimir o grito. Todos os macacos se sobressaltaram e voltaram os olhos reprovadores na minha direção. Cornelius, que acabava de chegar, deu um tapinha amigável no meu ombro.

– Reconheço que esses testes são excessivamente chocantes para quem não está acostumado. Mas pense que, graças a eles, nossa medicina e nossa cirurgia realizaram progressos imensos de um quarto de século para cá.

Esse argumento não me comovia em nada, assim como tampouco a lembrança que eu tinha do mesmo tratamento aplicado a chimpanzés num laboratório terrestre. Cornelius balançou os ombros e me empurrou para uma passagem estreita, que dava numa sala menor.

– Aqui – disse ele num tom solene –, o senhor verá uma realização maravilhosa e totalmente inédita. Apenas três de nós já entraram neste aposento. Helius, que cuida pessoalmente das pesquisas e que as levou a cabo, eu e um auxiliar escolhido a dedo. É um gorila, mudo, devotado de corpo e alma a mim e, além disso, um completo idiota. Dessa forma, o senhor percebe a importância que atribuo ao sigilo desses trabalhos. Consinto em mostrá-los ao senhor, pois sei que será discreto. É do seu interesse.

08

Entrei na sala e a princípio não vi nada que parecesse justificar aqueles ares misteriosos. O equipamento era similar ao das instalações precedentes: geradores, transformadores, eletrodos. Não havia senão dois indivíduos, um homem e uma mulher, deitados em dois sofás paralelos, imobilizados por uma correia. Assim que chegamos, passaram a nos olhar com uma fixidez peculiar.

O gorila assistente nos recebeu com um rosnado desarticulado. Helius e ele trocaram diversas frases na linguagem dos surdos-mudos. Era um espetáculo pouco comum ver um gorila e um chimpanzé agitarem os dedos daquela forma. Não sei por que aquilo me pareceu o cúmulo do ridículo e quase caí na risada.

– Está tudo bem. Eles estão calmos. Podemos proceder imediatamente a um teste.

– Do que se trata?

– Prefiro lhe fazer uma surpresa – respondeu Cornelius com uma risadinha.

O gorila anestesiou os dois pacientes, que logo adormeceram tranquilamente, e ligou diversos aparelhos. Helius aproximou-se do homem, desenrolou com precaução uma bandagem que lhe cobria o crânio e, visando determinado ponto, aplicou os eletrodos. O homem manteve uma imobilidade absoluta. Eu interrogava Cornelius com o olhar, quando o milagre se produziu.

O homem falava. Sua voz ressoou no aposento tão repentinamente que me fez sobressaltar, cobrindo o zumbido de um gerador. Não era alucinação de minha parte. Exprimia-se em linguagem símia, com a voz de um homem da Terra ou a de um macaco deste planeta.

A fisionomia dos dois cientistas era a imagem do triunfo. Olhavam para mim com seus olhos cintilantes de malícia e deleitavam-se com meu estupor. Eu ia soltar uma exclamação, mas eles fizeram sinal para me calar e escutar. As palavras do homem eram aleatórias e desprovidas de originalidade. Deveria ser um antigo cativo do instituto e repetia incessantemente fiapos de frases rotineiras pronunciadas por enfermeiros ou cientistas. Cornelius logo mandou interromper o teste.

– Não conseguimos mais nada com este aqui; apenas este ponto capital: ele fala.

– Prodigioso – balbuciei.

– O senhor ainda não viu nada; ele fala como um papagaio ou uma vitrola – disse Helius. – Mas fiz muito melhor com esta.

Apontava para mim uma mulher que dormia serenamente.

– Muito melhor?

– Mil vezes melhor – confirmou Cornelius, que partilhava a empolgação com seu colega. – Preste atenção. Esta mulher também fala; o senhor vai ouvi-la, mas ela não repete palavras ouvidas no cativeiro. Seus discursos têm uma significação excepcional. Por uma combinação de procedimentos físico-químicos de cuja descrição irei poupá-lo, o genial Helius conseguiu despertar nela não apenas a memória individual, mas a memória da espécie. São lembranças de uma remotíssima linhagem de ancestrais que, sob estímulos elétricos, renascem em sua linguagem, lembranças atávicas ressuscitando um passado com milhares de anos de idade. Compreende, Ulysse?

Continuei aturdido por aquele discurso estapafúrdio, pensando realmente que o cientista Cornelius enlouquecera; pois a loucura existe nos macacos, particularmente nos intelectuais. Mas outro chimpanzé já preparava seus eletrodos e os aplicava no cérebro da mulher. Ela permaneceu inerte por certo tempo, assim como o homem antes dela, depois soltou um longo suspiro e começou a falar. Exprimia-se igualmente na linguagem símia, com uma voz um pouco abafada embora muito clara e que se alterava com frequência, como se pertencesse a diversos personagens. Todas as frases que ela pronunciou ficaram gravadas na minha memória.

– Esses macacos, todos esses macacos – dizia a voz num tom preocupado –, proliferam incessantemente de uns tempos para cá, enquanto tudo indicava que sua espécie deveria se extinguir numa determinada época. Se isso continuar, irão se tornar quase tão numerosos quanto nós... E não é só isso. Estão ficando arrogantes. Desafiam nosso olhar. Erramos em domesticá-los e em dar certa liberdade àqueles que utilizamos como criados. São estes os mais insolentes. Outro dia, na rua, um chimpanzé esbarrou em mim. Quando levantei a mão, ele me fitou com uma expressão tão ameaçadora que não me atrevi a espancá-lo. Anna, que trabalha no laboratório, me disse que muita coisa havia mudado. Ela não ousa mais entrar sozinha nas jaulas. Declarou que, à noite, ouvem-se como que cochichos e até mesmo risadinhas. Um dos gorilas zomba do patrão imitando um de seus cacoetes.

A mulher fez uma pausa, deu vários suspiros angustiados, depois continuou:

– Pronto! Um deles conseguiu falar. Foi comprovado, li no *Jornal da Mulher.* Tem sua fotografia. É um chimpanzé.

– Um chimpanzé, o primeiro! Eu tinha certeza disso – exclamou Cornelius.

– Há outros. O jornal noticia diariamente outros casos. Alguns cientistas consideram a coisa um grande feito científico. Será que não veem aonde isso pode nos levar? Parece que um desses chimpanzés proferiu injúrias pesadas. O primeiro uso que fazem da palavra é para protestar quando queremos chamá-los à ordem.

A mulher fez silêncio e prosseguiu numa voz diferente, uma voz de homem bastante doutoral.

– O que nos aconteceu era previsível. Uma preguiça cerebral apoderou-se de nós. Fim dos livros; até os romances policiais tornaram-se uma fadiga intelectual excessiva. Fim dos jogos; das vitórias, a rigor. Até o cinema infantil não nos atrai mais. Enquanto isso, os macacos meditam em silêncio. Seu cérebro desenvolveu-se na reflexão solitária... e falam. Oh! Pouco, quase nunca conosco, exceto para algumas recusas, desdenhando os homens mais temerários que ainda se atrevem a lhes dar ordens. Mas à noite, quando saímos, trocam impressões e se instruem uns aos outros.

Após mais uma pausa, uma voz angustiada de mulher continuou.

– Eu estava morrendo de medo. Não conseguia mais viver daquele jeito. Preferi ceder meu lugar ao meu gorila. Fugi da minha própria casa. Ele estava na minha casa havia anos e era um criado fiel. Aos poucos, foi mudando. Começou a sair à noite, a frequentar reuniões. Aprendeu a falar. Passou a recusar todo e qualquer trabalho. Há um mês, mandou que eu arrumasse a cozinha e lavasse a louça. Começou a comer nos meus pratos, com os meus talheres. Semana passada, expulsou-me do quarto. Tive que dormir numa poltrona, na sala. Não ousando mais repreendê-lo nem castigá-lo, tentei seduzi-lo pela delicadeza. Ele zombou de mim, e suas exigências aumentaram. Eu estava desesperada. Desisti. Refugiei-me num acampamento, com outras mulheres que se acham na mesma situação. Há homens também; muitos não têm mais coragem que nós. Fora da cidade, nossa vida é miserável. Sentimos vergonha, quase não falamos. Nos primeiros dias, eu jogava paciência. Não tenho mais forças para isso.

A mulher calou-se, e uma voz masculina tomou a palavra.

– Acho que descobri a cura do câncer. Pretendia testar o remédio, como sempre fiz com minhas descobertas. Eu já andava desconfiado, mas não o suficiente. De uns tempos para cá, os macacos não se submetiam a esses testes senão com má vontade. Só entrei na jaula de Georges, o chimpanzé, depois que meus dois assistentes o imobilizaram. Preparei-me para lhe aplicar a injeção, a que inocula o câncer. Eu precisava efetivamente aplicá-la a fim de poder curá-lo.

Georges parecia resignado. Não se mexia, mas seus olhos espertos observavam por cima do meu ombro. Compreendi tarde demais. Os gorilas, os seis gorilas que eu mantinha de reserva para estudar a peste, haviam se soltado. Uma conspiração. Fomos rendidos. Georges liderava a manobra, em nossa linguagem. Copiava fielmente meus gestos. Deu ordens para nos amarrarem na mesa, o que os gorilas executaram muito habilidosamente. Em seguida, apoderou-se da seringa e injetou em nós três o líquido mortal. Dessa forma, estou com câncer. Isso é ponto pacífico, pois, se restam dúvidas quanto à eficácia do medicamento, há muito que o soro fatal está pronto, tendo passado por testes. Depois de esvaziar a seringa, Georges me deu um tapinha na face, como eu costumava fazer com meus macacos. Sempre os tratei bem. Comigo, recebiam muito mais carícias que tabefes. Alguns dias mais tarde, na jaula em que eles haviam me trancado, detectei os primeiros sintomas da doença. Georges também, e ouvi ele dizer que iria começar o tratamento. Fui novamente invadido pelo pavor. Por outro lado, tenho consciência de que estou desenganado. Mas agora falta-me confiança nesse novo remédio. E se ele fosse me matar mais rápido? À noite, consegui forçar a grade e fugir. Refugiei-me no acampamento, fora da cidade. Ainda tenho dois meses de vida. Emprego-os jogando paciência e dormindo.

Outra voz feminina tomou a palavra.

– Eu era mulher-domadora. Apresentava um número com doze orangotangos, animais magníficos. Hoje, sou eu que estou em sua jaula, na companhia de outros artistas circenses. Temos que ser justos. Os macacos nos tratam bem e nos dão comida em abundância. Trocam a palha da nossa enxerga quando ela está muito suja. Não são maus, castigam apenas aqueles que dão mostras de má vontade e que se recusam a executar os truques que eles enfiaram na cabeça de nos ensinar. Estes aqui estão bem avançados! Da minha parte, curvo-me a seus caprichos sem discutir. Ando de quatro; dou cambalhotas. Também são muito amáveis comigo. Não sou infeliz. Não tenho mais preocupações nem responsabilidades. A maioria de nós adapta-se a esse regime.

A mulher dessa vez fez um longo silêncio, durante o qual Cornelius olhava para mim com uma insistência embaraçosa. Eu compreendia claramente seu pensamento.

Uma humilhação tão acachapante, que se resignava com tanta facilidade, teria se instalado outrora no planeta, sendo obrigada a ceder a uma raça mais nobre? Ruborizei e desviei os olhos. A mulher continuou, num tom cada vez mais angustiado.

– Eles agora dominam toda a cidade. Não passamos de algumas centenas neste reduto, e nossa situação é precária. Formamos o último núcleo humano nas cercanias da cidade, mas os macacos não irão nos tolerar livres e tão próximos deles. Nos outros acampamentos, alguns homens fugiram para longe, para a selva; outros renderam-se para ter com que matar a fome. Aqui, ninguém saiu do lugar, principalmente por preguiça. Dormimos; somos incapazes de nos organizar para resistir. É efetivamente o que eu temia. Ouço uma cacofonia bárbara. Algo como uma paródia de música militar... Socorro! São eles, os macacos! Estão nos cercando. São liderados por enormes gorilas. Pegaram nossas trombetas, nossos tambores e nossos uniformes; nossas armas também, naturalmente... Não, não têm armas. Ó cruel humilhação, suprema ofensa! Eis seu exército chegando, e eles agitam apenas chicotes!

09

Alguns dos resultados obtidos por Helius terminaram vindo a público. É bem provável que o próprio chimpanzé não tenha conseguido segurar a língua, na embriaguez do sucesso. Murmura-se na cidade que um cientista conseguiu fazer homens falar. Além disso, os achados da cidade sepultada são comentados na imprensa, e, embora seu sentido seja em grande parte deturpado, alguns jornalistas estão bem perto de suspeitar a verdade. Resulta daí um mal-estar na população, que se traduz numa desconfiança crescente dos dirigentes a meu respeito e numa atitude cada vez mais inquietante.

Cornelius tem inimigos. Não ousa proclamar aos quatro ventos sua descoberta. Se pretendesse fazê-lo, as autoridades provavelmente o impediriam. O clã orangotango, Zeius à frente, trama contra ele. Falam em conspiração contra a raça símia e me apontam mais ou menos abertamente como um dos rebeldes. Oficialmente os gorilas ainda não tomaram partido, mas são sempre contrários ao que tende a perturbar a ordem pública.

Hoje vivi uma grande emoção. O acontecimento tão esperado se produziu. No início, fiquei exultante de alegria, mas, parando para refletir, estremeci diante do novo perigo que ele representa. Nova deu à luz um menino.

Tenho um filho, um filho no planeta Soror. Pude vê-lo. Isso não se deu sem dificuldades. As ordens de sigilo haviam ficado cada vez mais severas e só pude visitar Nova na semana que precedeu sua libertação. Foi Zira quem me trouxe a notícia. Ela, pelo menos, permanecerá uma amiga fiel, aconteça o que acontecer. Encontrou-me tão agitado que se encarregou de me arranjar um encontro com minha nova família. Isso ocorreu alguns dias depois do nascimento, tarde da noite, pois o recém-nascido é vigiado incessantemente durante o dia.

Eu o vi. É um bebê magnífico. Estava deitado na palha, como um novo Cristo, aconchegado no seio da mãe. Ele se parece comigo, mas também tem a beleza de Nova. Ela emitiu um rosnado ameaçador quando empurrei a porta. Está inquieta, ela também. Levantou-se, as unhas prontas para rasgar, mas acalmou-se ao me reconhecer. Tenho certeza de que esse nascimento fez com que ela subisse vários degraus na escala dos seres. A centelha fugaz deu lugar a uma chama permanente. Beijo meu filho com paixão, sem querer pensar nas nuvens que se acumulam sobre nossas cabeças.

Será um homem, um autêntico, tenho certeza disso. O espírito crepita em seus traços e em seu olhar. Reacendi o fogo sagrado. Graças a mim, uma humanidade ressuscita e irá desabrochar neste planeta. Quando ele crescer, irá inaugurar uma dinastia e...

Quando ele crescer! Sinto um calafrio pensando nas condições de sua infância e em todos os obstáculos que se erguerão em seu caminho. O que importa! Nós três triunfaremos, tenho certeza. Digo nós três porque Nova é agora do nosso time. Basta ver a maneira como contempla o filho. Se por um lado ainda o lambe à maneira das mães deste estranho planeta, por outro sua fisionomia espiritualizou-se.

Pousei-o na palha. Estou tranquilo quanto à sua natureza. Ainda não fala, mas... divago; ele tem três dias!... mas falará. Aqui está ele, que se põe a chorar debilmente, a chorar como um bebê humano e não a vagir. Nova não se deixa enganar e o contempla num êxtase maravilhado.

Zira também não se ilude. Aproximou-se, suas orelhas peludas se esticaram, e ela observa longamente o bebê, em silêncio, com um ar grave. Avisa-me então que não posso ficar mais tempo. Seria muito perigoso para nós todos se me surpreendessem aqui. Promete cuidar do meu filho e sei que irá cumprir com a palavra. Mas não ignoro que ela é suspeita de condescender comigo, e a eventualidade de sua demissão me faz estremecer. Não posso fazê-la correr esse risco.

Beijo minha família com fervor e afasto-me. Ao me voltar, vejo a macaca debruçar, por sua vez, sobre aquele bebê humano e pousar delicadamente o focinho sobre sua testa, antes de fechar a jaula. E Nova não protesta! Admite aquela carícia, que deve ser rotineira. Pensando na antipatia que demonstrava antigamente por Zira, não posso deixar de ver nisso um novo milagre.

Saímos. Tremo dos pés à cabeça e percebo que Zira está tão emocionada quanto eu.

– Ulysse – exclamou, enxugando uma lágrima –, às vezes acho que esse filho também é meu.

10

As visitas periódicas que me limito a fazer ao professor Antelle constituem um dever cada vez mais penoso. Ele continua no instituto, mas foram obrigados a despejá-lo da confortável cela que eu conseguira para ele. Estava definhando ali, e de tempos em tempos tinha acessos de fúria que o tornavam perigoso, querendo morder os guardas. Cornelius então testou outro sistema. Mandou que o pusessem numa cela comum, atapetada com palha, e deu-lhe uma companheira: a garota com quem ele dormia no jardim zoológico. O professor recebeu-a manifestando uma alegria ruidosa e animalesca, e, não demorou muito, suas maneiras mudaram. Retomou o gosto pela vida.

É nessa companhia que o encontro. Parece feliz. Engordou e está mais moço. Fiz o impossível para me comunicar com ele. Tento hoje novamente, sem sucesso. Só se interessa pelos bolos que lhe dou. Quando o saco esvazia, ele volta a se deitar ao lado de sua companheira, que se põe a lamber seu rosto.

– Eis a prova de que é possível perder o espírito, assim como adquiri-lo – murmura alguém atrás de mim.

É Cornelius. Estava à minha procura, mas não para saber do professor. Precisa ter uma conversa muito séria comigo. Estou em seu gabinete, onde Zira nos espera. Seus olhos estão vermelhos, como se tivesse chorado. Parecem ter uma notícia grave a me dar, mas nenhum dos dois atreve-se a falar.

– Meu filho?

– Vai muito bem – disse Zira precipitadamente.

– *Bem demais* – acrescentou Cornelius, com cara de poucos amigos.

Sei efetivamente que é uma criança incrível, mas faz um mês que não o vejo. As normas foram reforçadas. Zira, suspeita aos olhos das autoridades, é vigiada de perto.

– Bem demais, além da conta – insiste Cornelius. – Sorri. Chora como um bebê macaco... e começa a falar.

– Com três meses!

– Palavras de criança, mas tudo leva a crer que falará. Na verdade, é absurdamente precoce.

Não escondo minha corujice. Zira está indignada com a minha expressão de pai palerma.

– Então não percebe que isso é uma catástrofe? Os outros nunca irão libertá-lo!

– Sei de fonte segura que decisões importantíssimas serão tomadas a respeito dele pelo Grande Conselho, que deve se reunir dentro de quinze dias – disse lentamente Cornelius.

– Decisões graves?

– Gravíssimas. Não é impossível que pretendam eliminá-lo... não imediatamente, pelo menos isso, mas será retirado da mãe.

– E eu, será que posso vê-lo?

– O senhor menos que qualquer um... mas deixe-me prosseguir – continua imperiosamente o chimpanzé. – Não estamos aqui para nos lamuriar, mas para agir. Daí que tenho informações seguras. Seu filho será colocado numa espécie de fortaleza, sob a vigilância dos orangotangos. Sim, Zeius conspira há muito tempo e vai acabar prevalecendo.

Nesse ponto, Cornelius crispou as mãos com raiva e resmungou alguns palavrões sonoros. Em seguida, emendou:

– Note que, embora saiba muito bem qual é o valor científico desse vigarista, o Conselho finge acreditar que ele é mais qualificado que eu para estudar esse indivíduo excepcional, considerado um risco para nossa raça. Contam com Zeius para tirá-lo do circuito.

Estou aterrado. Não é possível deixar meu filho nas mãos daquele perigoso imbecil. Mas Cornelius não terminou.

– Não é apenas a criança que está ameaçada.

Fico mudo e olho para Zira, que abaixa a cabeça.

– Os orangotangos detestam o senhor porque o senhor é a prova viva da inépcia científica deles, e os gorilas julgam-no perigoso demais para continuar a circular livremente. Temem que o senhor crie uma linhagem neste planeta. Mesmo fazendo abstração de sua eventual descendência, têm medo de que seu exemplo seja suficiente para semear a confusão entre os homens. Alguns relatórios assinalam um nervosismo fora do comum naqueles de quem o senhor se aproxima.

É verdade. Durante minha última visita à sala das jaulas, constatei uma mudança notável entre os homens. Parece que um instinto misterioso avisou-os do nascimento milagroso. Saudaram minha presença com um concerto de longos uivos.

– Para resumir – concluiu abruptamente Cornelius –, receio muito que, dentro de quinze dias, o Conselho decida eliminá-lo... ou pelo menos retirar parte de seu cérebro, a pretexto de realizar testes. Quanto a Nova, imagino que também pretendam tirá-la do caminho, porque ficou muito próxima do senhor.

Não é possível! Eu, que me julgara investido de uma missão quase divina, volto a ser a mais mísera das criaturas e me entrego a um pavoroso desespero. Zira põe a mão no meu ombro.

– Cornelius fez bem em nada lhe esconder a respeito da situação. O que ele não lhe disse é que não o abandonaremos. Decidimos salvar vocês três e seremos ajudados por um pequeno grupo de chimpanzés corajosos.

– Que posso fazer, único da minha espécie?

– Precisa fugir. Precisa abandonar este planeta aonde jamais deveria ter vindo. Precisa voltar para sua casa, na Terra. Sua salvação e a do seu filho exigem isto.

Sua voz engasga, como se ela fosse chorar. Gosta mais de mim do que eu supunha. Quanto a mim, estou arrasado tanto com o seu sofrimento como pela perspectiva de deixá-la para sempre. Mas como escapar deste planeta? Cornelius retoma a palavra.

– É verdade – diz ele. – Prometi a Zira ajudá-lo a fugir e o farei, mesmo que venha a perder meu emprego por isso. Tenho consciência de assim não faltar com meu dever de macaco. Se um perigo porventura nos ameaça, será igualmente afastado com seu retorno à Terra... O senhor não me disse uma vez que sua nave estava intacta e que poderia levá-lo de volta para casa?

– Sem dúvida alguma. Tem combustível, oxigênio e víveres para nos levar aos confins do universo. Mas como chegar a ela?

– Ela continua orbitando ao redor do nosso planeta. Um astrônomo amigo meu detectou-a e conhece todos os elementos de sua trajetória. Como alcançá-la? Ouça. Dentro de exatamente dez dias, devemos lançar um satélite artificial tripulado, por homens naturalmente, nos quais desejamos testar a influência de determinadas radiações... Não me interrompa! Está previsto que os passageiros serão em número de três: um homem, uma mulher e uma criança.

Capto sua ideia num átimo e admiro sua engenhosidade, mas quantos obstáculos!

– Alguns cientistas responsáveis por esse lançamento são amigos, e os conquistei para sua causa. O satélite será colocado na trajetória da sua nave e será dirigível em certa medida. O casal de humanos foi compelido a efetuar algumas manobras, mediante reflexos condicionados. Penso que o senhor será mais habilidoso que eles... Pois este é o nosso plano: substituir os três passageiros por vocês. Não será difícil. Já lhe disse, tenho os aliados essenciais: os chimpanzés consideram abominável o assassinato. Os demais não irão sequer perceber o truque.

Com efeito, isso é bem provável. Para a maioria dos macacos, um homem é um homem e nada mais. Eles não discernem as diferenças entre um indivíduo e outro.

– O senhor terá que realizar um treinamento intensivo durante estes dez dias. Acha possível acoplar-se à sua nave?

Talvez. Mas não é nas dificuldades e nos perigos que penso neste momento. Sinto-me indefeso diante da onda de melancolia que me varre só de pensar em deixar o planeta Soror, Zira e meus irmãos, sim, meus irmãos humanos. Para eles, serei um desertor. No entanto, antes de mais nada, é preciso salvar meu filho e Nova. Mas voltarei. Sim, mais tarde – jurei, lembrando-me dos prisioneiros das jaulas –, voltarei com outros trunfos.

Estou tão fora de mim que falei alto demais. Cornelius sorri.

– Daqui a quatro ou cinco anos do tempo de vocês, viajantes, mas daqui a mais de mil anos para nós, sedentários. Não esqueça que também descobrimos a relatividade. Daqui até lá... discuti acerca do risco com meus amigos chimpanzés e decidimos assumi-lo.

Despedimo-nos, após termos combinado tudo para o dia seguinte. Zira saiu na frente. A sós com ele por um instante, aproveito para agradecer-lhe com efusão. Intimamente pergunto-me por que fez tudo aquilo por mim. Ele leu meu pensamento.

– Agradeça a Zira – ele disse. – É a ela que o senhor deve a vida. Sozinho, não sei se teria me empenhado tanto e corrido tantos riscos. Mas ela nunca me perdoaria por ser cúmplice de um assassinato... e, por outro lado...

Vacila. Zira me espera no corredor. Ele se certifica de que ela não pode ouvir e acrescenta rapidamente, baixinho:

– Por outro lado, para ela e para mim, é preferível que o senhor desapareça deste planeta.

Empurrou a porta. Fiquei sozinho com Zira, e demos alguns passos no corredor.

– Zira!

Parei e tomei-a nos braços. Está tão perturbada quanto eu. Vejo uma lágrima correr no seu focinho, enquanto estamos abraçados, bem juntinhos. Ah! o que importa esse horrível invólucro material! É sua alma que comunga com a minha. Fecho os olhos para não ver aquela fácies grotesca que a emoção enfeia ainda mais. Sinto seu corpo disforme estremecer contra o meu. Obrigo-me a apoiar a face em sua face. Vamos nos beijar como dois namorados, quando ela tem um sobressalto instintivo e me repele com violência.

Fico então estupefato, sem saber que atitude tomar, e aquela horrorosa macaca enfia o focinho em suas longas patas hirsutas, declarando, desesperada, numa explosão de soluços:

– É impossível, querido. Sinto muito, mas não consigo, não consigo. Você é realmente feio demais!

11

A sorte está lançada. Singro novamente o espaço, a bordo da nave cósmica, riscando o céu como um cometa em direção ao sistema solar, a uma velocidade que aumenta a cada segundo.

Não estou sozinho. Levo comigo Nova e Sírius, fruto dos nossos amores interplanetários, que sabe dizer papai, mamãe e muitas outras palavras. Há igualmente a bordo um casal de galinhas e coelhos, e também muitas sementes, que os cientistas haviam condicionado no satélite para estudar a radiação sobre organismos bem diversos. Nem tudo será perdido.

O plano de Cornelius foi executado ao pé da letra. A substituição planejada do trio por nós foi realizada sem dificuldade. A mulher ocupou o lugar de Nova no instituto; a criança será entregue a Zeius. Ele mostrará que ela é incapaz de falar, não passando de um animal. Talvez então não me julguem mais perigoso e poupem a vida do homem que ocupou meu lugar e que tampouco falará. É provável que jamais se suspeite dessa substituição. Os orangotangos, já mencionei, não distinguem um homem de outro. Zeius triunfará. Cornelius talvez venha a ter alguns problemas, mas será tudo rapidamente esquecido, pois já se passaram décadas em Soror durante estes poucos meses em que rasgo o espaço. Quanto a mim, minhas lembranças apagam-se rapidamente, assim como o corpo material da supergigante Betelgeuse, à medida que o espaço-tempo se estira entre nós: o monstro transformou-se numa bolinha, depois numa laranja. Voltou a ser agora um minúsculo ponto brilhante da galáxia. Assim se vão meus pensamentos sororianos.

Estaria louco se me atormentasse. Consegui salvar meus entes queridos. De quem sentiria saudades? De Zira? Sim, de Zira. Mas o sentimento que nascera entre nós não tinha nome na Terra nem em nenhuma outra região do cosmo. Era necessário que nos separássemos. Ela deve ter recuperado o sossego criando bebês chimpanzés, após ter se casado com Cornelius. O professor Antelle? Aos diabos o professor! Eu não podia fazer mais nada por ele, que aparentemente encontrou uma solução satisfatória para o problema da existência. Apenas estremeço às vezes ao imaginar que, achando-me nas mesmas condições que ele, e sem a presença de Zira, talvez eu também pudesse ter descido tão baixo.

O acoplamento à nossa nave foi bem-sucedido. Consegui me aproximar pouco a pouco, manobrando o satélite, e penetrar no compartimento que permanecera aberto, como planejado para o retorno do nosso módulo. Os robôs então entraram em ação, fechando todas as portas. Estávamos a bordo. Os equipamentos estavam intactos, e o computador eletrônico encarregou-se de fazer todas as operações para a largada. No planeta Soror, nossos aliados deram a entender que o satélite havia sido destruído na atmosfera, não tendo alcançado sua órbita.

* * *

Faz mais de um ano do nosso próprio tempo que estamos a caminho. Resvalamos por uma fração infinitesimal na velocidade da luz, percorremos num tempo curtíssimo um espaço incomensurável e já estamos na fase de frenagem, que deve durar outro ano. Em nosso pequeno universo, não me canso de admirar minha nova família.

Nova aguenta muito bem a viagem. Está cada vez mais serena. A maternidade transformou-a. Passa horas em contemplação maravilhada diante do filho, que se revela para ela melhor professor que eu. Ela articula quase corretamente as palavras que ele pronuncia. Ainda não fala comigo, mas estabelecemos um código de gestos suficiente para nos compreendermos. Parece que sempre vivemos juntos. Quanto a Sírius, é a pérola do cosmo. Tem um ano e meio. Anda, apesar da forte gravidade, e fala sem parar. Estou ansioso para mostrá-lo aos homens da Terra.

Que emoção senti esta manhã ao constatar que o sol começa a ganhar uma dimensão perceptível! Apresenta-se agora como uma bola de sinuca e tinge-se de amarelo. Aponto-o com o dedo para Nova e Sírius. Explico-lhes o que é aquele mundo novo, e eles me compreendem. Hoje, Sírius fala perfeitamente, e Nova, quase tão bem. Aprendeu ao mesmo tempo que ele. Milagre da maternidade; milagre de que fui agente. Não libertei todos os homens de Soror de seu aviltamento, mas o êxito é total com Nova.

O sol expande-se a cada instante. Tento localizar os planetas no telescópio. Oriento-me com facilidade. Descubro Júpiter, Saturno, Marte e... a Terra. Lá está a Terra!

Meus olhos estão marejados. É preciso ter vivido mais de um ano no planeta dos macacos para compreender minha emoção. Sei, após setecentos anos, que não reencontrarei nem parentes nem amigos, mas estou louco para rever homens de verdade.

Grudados nas escotilhas, vemos a Terra se aproximar. Não precisamos mais de telescópio para distinguir os continentes. Viramos um satélite. Giramos ao redor do meu velho planeta. Vejo desfilar a Austrália, a América e a França; sim, lá está a França. Nós três nos beijamos, soluçando.

Embarcamos na segunda escuna da nave. Todos os cálculos foram efetuados para uma aterrissagem na minha pátria, não longe de Paris, espero.

Estamos na atmosfera. Os retrofoguetes são acionados. Nova olha para mim, sorrindo. Aprendeu a sorrir e também a enrubescer. Meu filho estende os braços e arregala os olhos, fascinado. Abaixo de nós, está Paris. A torre Eiffel continua firme.

Assumi os comandos e piloto com a máxima precisão. Milagre da técnica! Após setecentos anos de ausência, consigo pousar em Orly, que não mudou muito, na extremidade da pista, bem longe dos prédios. Não parece haver tráfego aéreo; o aeroporto teria sido desativado? Não, lá está um aparelho. É igualzinho aos aviões da minha época!

Um veículo sai dos prédios, vindo em nossa direção. Desligo meus foguetes, às voltas com uma agitação cada vez mais febril. Que relato farei a meus irmãos humanos! Talvez no início não acreditem em mim, mas tenho provas. Tenho Nova, tenho meu filho.

O veículo cresce. É uma caminhonete, modelo bem antigo: quatro rodas e motor de explosão. Registro mecanicamente todos esses detalhes. Eu achava que aqueles carros estavam relegados aos museus.

Também não teria sido nada mal uma recepção um pouco mais solene. Não há muita gente para me receber. Apenas dois homens, acho. Que burrice, eles não podiam saber. Quando souberem!...

São dois. Enxergo-os com dificuldade, em virtude do sol poente que brinca nos vidros, vidros sujos. O motorista e um passageiro. Este usa uniforme. É um oficial, percebi o reflexo em suas insígnias. O comandante do aeroporto, provavelmente. Os outros virão depois.

A caminhonete parou a uns cinquenta metros de distância. Pego meu filho nos braços e desembarco da nave. Nova segue-nos com certa hesitação. Sua expressão é de medo. Daqui a pouco ela supera.

O motorista saiu do carro. Está de costas para mim, meio escondido pelo capinzal que nos separa do veículo. Abre a porta para o passageiro sair também. Eu não me enganara, é um oficial; no mínimo, um comandante; vejo suas insígnias faiscarem. Está de pé. Dá alguns passos em nossa direção, sai do capinzal e surge finalmente na claridade. Nova emite um uivo, arranca meu filho de mim e corre para se refugiar com ele na nave, enquanto permaneço pregado no lugar, incapaz de fazer um gesto ou proferir uma palavra.

É um gorila.

12

Phyllis e Jinn ergueram ao mesmo tempo as cabeças debruçadas sobre o manuscrito e entreolharam-se um longo momento, sem falar nada.

– Uma bela mistificação – disse finalmente Jinn, forçando um pouco o riso. Phyllis continuava pensativa. Algumas passagens da história a haviam perturbado e nelas percebia a marca da verdade. Fez esta observação para seu namorado.

– Isso prova que há poetas em toda parte, em todos os cantos do cosmo; e também farsantes.

Ela voltou à sua reflexão. Detestava admitir-se vencida. Apesar disso, resignou-se com um suspiro.

– Tem razão, Jinn. Concordo com você... Homens racionais? Homens sábios? Homens insuflados pelo espírito?... Não, não é possível; nesse aspecto, o narrador exagerou. Mas é pena!

– Concordo totalmente – disse Jinn. – Agora é hora de voltar.

Enfunou completamente a vela, oferecendo-a por inteiro às radiações conjugadas dos três sóis. Em seguida, utilizando suas quatro patas desenvoltas, acionou as alavancas de comando, enquanto Phyllis, após desfazer uma última dúvida balançando energicamente suas orelhas peludas, sacava sua almofadinha de pó de arroz e, pensando no desembarque, animava com uma sutil nuvem cor-de-rosa seu admirável focinho de chimpanzé fêmea.

O planeta dos macacos: do romance aos filmes

Entrevista dada por Pierre Boulle a Jean Claude Morlot em Paris, França, no dia 29 de fevereiro de 1972. Foi publicada no periódico *Cinefantastique*, na edição de verão do mesmo ano.

O autor do romance *O planeta dos macacos* nasceu em Avignon, na França, no dia 20 de fevereiro de 1912. Pierre Boulle se formou em Engenharia em 1932, tornando-se definitivamente engenheiro em 1933. Logo depois, começou a escrever romances, incluindo um de seus mais famosos: *A ponte do rio Kwai*. Em 1957, recebeu um Oscar pela roteirização desse romance. Entre seus trabalhos estão também *Face of a hero, The test, Not the glory* e *A noble profession*.

PIERRE BOULLE: Você veio conversar sobre *O planeta dos macacos*? Espero conseguir lembrar o que você quer saber, porque esse livro está bem distante de mim agora, mas vou tentar.

CINEFANTASTIQUE: Quando você escreveu *O planeta dos macacos*, chegou a imaginar que ele seria transformado em um grande sucesso do cinema, como *A ponte do rio Kwai*?

BOULLE: Eu nunca imaginei que *O planeta* poderia ser transformado em filme. Me parecia algo muito difícil de se realizar, e havia a possibilidade de parecer ridículo. Quando vi o filme pela primeira vez, nada estava ridículo: tudo havia sido muito bem-feito.

CFQ: Você acha que o filme original e as sequências foram fiéis ao espírito do livro e a suas intenções?

BOULLE: Acho que o autor de um romance é a última pessoa a quem se deve pedir conselhos ao se transformar um livro em filme. Em comparação ao livro, houve várias mudanças na adaptação. Algumas delas me deixaram desconcertado. A primeira parte do filme foi muito boa; a maquiagem dos macacos estava particularmente boa e, como eu disse, poderia parecer ridícula, mas não foi o que aconteceu. Não gostei muito do final usado – a Estátua da Liberdade –, que pareceu agradar aos críticos. Eu, pessoalmente, prefiro o meu próprio final.

CFQ: Pessoalmente, achei que o final foi o choque mais espetacular de todo o filme.

BOULLE: Não posso julgar. Eu sabia que queriam fazer desse jeito desde o começo. Arthur Jacobs [produtor do filme] conversou comigo sobre o assunto e eu finalmente disse: "Vamos experimentar, então". Os críticos pareceram aprovar a mudança.

CFQ: O final do filme é inesperado. Nós sabíamos que era a Terra, mas não como eles poderiam demonstrar isso dramaticamente.

BOULLE: Eu acho, por ser um escritor racional, que as coisas devem ser explicadas em sua totalidade.

CFQ: É justamente a sensação de excesso que faz do filme original um sucesso.

BOULLE: É verdade. Quando eles decidiram fazer o filme, já tinham escolhido esse final. Estavam com a cena pronta desde o primeiro dia.

CFQ: Eu não sabia disso até pouco tempo atrás, mas você escreveu um esboço para a sequência de *O planeta dos macacos*, chamado *O planeta dos homens*.

BOULLE: Depois do sucesso do filme original, Arthur Jacobs pediu que eu escrevesse uma sequência para ele. Eles aceitaram o esboço que fiz, mas fizeram tantas mudanças que acabou sobrando muito pouco das minhas ideias originais. Não vi nem o segundo nem o terceiro filme. Li o roteiro do *De volta ao planeta dos macacos*, mas não me interessei muito, porque não é mais meu trabalho. É uma coisa totalmente diferente.

CFQ: Os filmes podem ser vistos como uma verdadeira declaração contra a insanidade das armas nucleares. Isso não aparece em seu romance de forma alguma. É um incômodo para você?

BOULLE: Não me sinto incomodado, porque o cinema não quer dizer nada para mim, neste momento. Nunca vou assistir a filmes. Quando eu era mais jovem, ia ao cinema com frequência, mas agora não mais. Muitos de meus livros vão virar filmes, mas, até agora, há apenas dois que foram adaptados e eu não tenho o que reclamar deles.

CFQ: Os filmes dos *Macacos* são tremendamente populares com o público. A que você atribui essa popularidade?

BOULLE: Honestamente? Eu não faço ideia... Tudo, os atores, o livro, a abordagem cinematográfica. Em *A ponte do rio Kwai*, eles colocaram prisioneiros andando e assoviando a música tema; em *O planeta dos macacos* foi a descoberta do planeta, a caça dos macacos sobre seus cavalos?

CFQ: Você teria feito os filmes dos *Macacos* de alguma outra maneira, caso fosse encarregado da produção deles?

BOULLE: Eu poderia ter fornecido ideias. Se fosse livre para criá-los, eu os teria feito diferentes, mas sou incapaz de trabalhar com um grupo de pessoas, o que sei que é necessário ao se fazer um filme. Quando escrevo, estou sozinho. Dou o livro a meu editor e não quero mudar nada nele, nem mesmo uma vírgula.

CFQ: Agora que teve a chance de ver seus trabalhos transformados em filmes, você mantém em mente a possibilidade de que eles sejam adaptados para o cinema quando escreve?

BOULLE: Não. Nunca. Mas, ao escrever alguns de meus livros, trabalhei com uma certa imagem mental que permite que eles se adaptem bem ao cinema. Tento imaginar ações e situações em termos visuais.

CFQ: Ao escrever seu esboço para a sequência de *O planeta dos macacos*, você tentou pensar e lidar com o conceito em termos cinematográficos?

BOULLE: Sim. Sim, eu joguei o jogo, mas meu filme não foi feito e não quero sequer publicar o esboço, e ele nunca o será.

CFQ: Você acha que escrever para o cinema o limitou ou restringiu seu trabalho de alguma maneira?

BOULLE: Foi uma experiência interessante e divertida, nada mais. Não é a mesma coisa. Quando estava escrevendo, eu pensava em termos visuais, imaginando os atores, Charlton Heston e os outros.

CFQ: Você considera seu livro uma obra de ficção científica?

BOULLE: Não. Honestamente, não. É uma história. Ficção científica é só um pretexto. Eu não saberia como definir FC... Acho que é o gênero em que você pode imaginar e lidar com personagens inumanos, mas em meu livro os macacos são homens, não há dúvidas sobre isso.

CFQ: Você conhece o trabalho de outros autores que escrevem primordialmente neste gênero?

BOULLE: Sim, e com grande prazer. Eu não tenho familiaridade com os mais novos representantes do gênero, mas li Bradbury, Lovecraft, Asimov...

CFQ: Como você decidiu escrever *O planeta dos macacos*?

BOULLE: Não sei dizer. Acho que a ideia veio de uma visita ao zoológico, onde vi os gorilas. Fiquei impressionado com suas expressões quase humanas. Elas me levaram a pensar e a imaginar relações entre homens e macacos. Uma vez, tentei me lembrar de como tive a ideia para o *Kwai*. Trabalhei nesse pequeno projeto [o de me lembrar da origem do romance] por seis meses, quase o tempo que gastei para escrever o livro. Escrevi vinte páginas sobre isso, mas não estava certo. Se eu ler novamente, vou ter certeza de que não está certo.

CFQ: Muitos dizem que o *Kwai* é parcialmente autobiográfico. Isso é verdade?

BOULLE: De maneira alguma. As pessoas ainda estão debatendo isso. Atualmente, estou trabalhando em um artigo para refutar outro, escrito por um velho coronel da aviação, que escreveu uma série de textos sobre o assunto. Ele parece determinado a dedicar sua vida para provar uma coisa: que ele bombardeou a ponte do rio Kwai. O rio existe; eu tirei o nome de um mapa. O público encontrou uma ponte no rio que dizem ser "a ponte". Isso é uma invenção. Quando o livro foi publicado, todo mundo dizia que a história era inacreditável e, após o filme, todo mundo passou a achar que aquilo realmente aconteceu.

CFQ: Quais foram as reações iniciais de seus amigos e de seu editor ao livro *O planeta dos macacos*?

BOULLE: [O livro foi] altamente estimado e muito apreciado. Honestamente, não o considero um de meus melhores romances. Para mim, foi apenas uma fantasia agradável.

CFQ: Qual de seus trabalhos você considera o melhor?

BOULLE: Eu concordo com o público: *A ponte do rio Kwai* e meu primeiro, *William Conrad*, apesar de sua ingenuidade.

CFQ: Você ficou satisfeito com o trabalho feito em *O planeta dos macacos*, depois que o livro foi concluído?

BOULLE: Eu não alcancei o que queria quando comecei a escrevê-lo. Há longas partes do romance com as quais eu não estava completamente satisfeito.

CFQ: Qual foi o conceito adotado por você em seu esboço para a sequência, *O planeta dos homens*, a fim de continuar a série?

BOULLE: Não me lembro muito bem. No fim, era completamente diferente do que eles acabaram usando na tela. Usei o fim do último filme como ponto de partida. Taylor percebe que o homem ainda existe, mas que havia regressado a uma existência primitiva e selvagem. Ele decide tentar treiná-los e educá-los, de modo a trazê-los de volta à vida normal. Ele os ensina a linguagem. Os macacos consideram isso uma grande ameaça e uma guerra terrível se inicia. Muitos dos sub-humanos contestam a liderança de Taylor, porque ele quer a paz. No fim, eles vencem e destroem todos os macacos, pois estão em maior número. Eu conto isso agora muito mal, pois já me esqueci de muitos detalhes.

CFQ: Você tinha *King Kong* em mente quando escreveu *O planeta dos macacos*?

BOULLE: Não, de maneira alguma. Eu vi o filme no começo dos anos 1930 e me lembro de ter visto muitos títulos bons à época: *A ilha das almas selvagens, O médico e o monstro, Frankenstein*...

O espião francês que escreveu *O planeta dos macacos:* Pierre Boulle

por Hugh Schofield

BBC News, Paris

Mesmo antes dos filmes mais recentes da franquia, um longo caminho já havia sido percorrido por *O planeta dos macacos*, desde o clássico de 1968, estrelado por Charlton Heston. Mas a origem desse sucesso está no romance de Pierre Boulle, lançado em 1963.

Apesar de poucas pessoas já terem ouvido falar de Pierre Boulle, esse autor francês foi o primeiro a vislumbrar, de forma brilhante, que humanos poderiam viajar no tempo e acabar se deparando com uma civilização de macacos. Essa imagem já estava presente em seu romance de 1963: *La planète des singes* [*O planeta dos macacos*].

Mas isso não é tudo. Acontece que Pierre Boulle é o autor por trás de outro grande sucesso do cinema: nada mais, nada menos que *A ponte do rio Kwai*. O filme foi baseado em seu romance homônimo que, em seu cerne, é essencialmente britânico, tratando da concepção de dever e honra de um coronel britânico. Mas como um livro desse tipo pode ter sido escrito justamente por um francês? E como esse mesmo francês foi capaz de passar de um romance sobre a guerra para o universo da ficção científica em seu segundo triunfo hollywoodiano?

Pierre Boulle faleceu em Paris no ano de 1994, após uma carreira de mais de quarenta anos como escritor, que resultou em cerca de trinta obras, entre romances e coletâneas de contos.

No entanto, a visão literária de Boulle já vinha sendo moldada mesmo antes que ele assumisse a escrita. A partir da metade dos anos 1930, ele trabalhou como plantador de borracha na Malásia para uma companhia britânica e, durante a Segunda Guerra Mundial, serviu como agente secreto da Executiva de Operações Especiais [Special Operations Executive, SOE].

Assim, em *A ponte do rio Kwai,* Boulle estava escrevendo a respeito de uma guerra que conhecia bem.

"Pierre Boulle era profundamente anglófilo", diz Jean Loriot, diretor da Associação de Amigos de Pierre Boulle. "No Oriente, ele trabalhou com equipes inglesas. Boulle era impregnado pela cultura inglesa e admirava muito a Inglaterra. Quando finalmente se dedicou à escrita, deu a muitos de seus heróis a nacionalidade britânica."

A ponte do rio Kwai foi o terceiro romance de Pierre Boulle. Os títulos de seus dois primeiros – *William Conrad* e *Le sacrilège malais* – são uma clara homenagem a duas de suas maiores inspirações literárias: Joseph Conrad e Somerset Maugham.

Em seu terceiro livro, Boulle procurou explorar a psique do ultracorreto Col Nicholson (interpretado por Alec Guinness no filme), e também levantar certas questões a respeito dos sistemas relativizados de valores das mentes britânicas e japonesas.

As palavras de abertura da obra são: "Talvez o abismo intransponível que alguns veem separando o oeste e o leste seja nada mais que uma miragem? Talvez a necessidade de se 'preservar a dignidade' fosse, nessa guerra, tão vital, tão imperativa para os britânicos quanto para os japoneses".

Muito tempo depois, Boulle escreveu uma breve autobiografia chamada *Aux sources de la rivière Kwaï* [*As fontes do rio Kwai*], na qual descreveu sua própria experiência na guerra. Quando estava em Singapura, em 1941, alistou-se na França Livre*, sendo designado para o que depois ficou conhecido como Força 136. Essa era, justamente, a base das operações da SOE britânica no sudoeste asiático.

Em um local chamado "O Convento", Pierre Boulle passou por um treinamento em que "sérios cavalheiros nos ensinavam a arte de explodir uma ponte, conectar explosivos à lateral de uma embarcação, descarrilar um trem, ou mesmo despachar um guarda noturno para o além – da maneira mais silenciosa possível".

Depois de uma série de missões em Myanmar e na China, Boulle – sob o codinome inglês de Peter John Rule – recebeu ordens para seguir pelo rio até Hanói, na região da Indochina controlada, à época, pela França de Vichy**. Com a ajuda de alguns moradores do local, construiu uma jangada de bambu e flutuou correnteza abaixo. Em um lugar chamado Laichau, foi identificado e levado à presença do comandante local do exército francês. No calor do momento, decidiu abrir o jogo, dizendo ao comandante que pertencia à França Livre, com instruções para estabelecer contato com os oficiais de Vichy simpáticos à causa.

Infelizmente, o comandante não era um deles. Boulle foi forçado a trabalhar por sua vida. Ele passou os dois anos seguintes em uma prisão em Hanói, antes de finalmente escapar, já perto do fim da guerra.

"A experiência foi seminal para Boulle", diz Loriot. "Quando veio para a Indochina, ele pensava estar do lado 'certo' da guerra. Mas, então, foi feito prisioneiro por um francês, que disse a ele: 'Não, você não está'."

---

* Território da França que resistiu à ocupação nazista durante a Segunda Guerra Mundial.

** Região da França sob ocupação nazista na Segunda Guerra Mundial.

"Isso o fez encarar a relatividade do bem e do mal, o que acabou se tornando tema de todas as suas obras. O bem é bom apenas sob determinado contexto. Não é necessariamente algo universal."

Vale a pena notar que o romance *A ponte do rio Kwai* também tem um final diferente do apresentado no filme. No livro, a ponte não é explodida. Ela permanece inteira, como uma espécie de monumento à perseverança de Col Nicholson. Foram os americanos de Hollywood que insistiram em um final mais dramático – e edificante.

À época, Boulle não fez muito caso por causa da mudança no final de seu livro. Ele era um autor iniciante, feliz em receber *royalties* pela adaptação de sua obra. Muitos anos depois, a mesma coisa aconteceu, dessa vez com *O planeta dos macacos*.

No original de Boulle, a história é narrada por um casal em lua de mel no espaço que encontra uma garrafa contendo um manuscrito. Nele, um jornalista francês conta suas aventuras em um planeta governado por macacos, em que humanos não passam de animais estúpidos.

No final de seus relatos, o jornalista consegue voltar ao aeroporto de Orly, em Paris, onde descobre que os funcionários... são macacos. E ainda há outra surpresa, quando o leitor descobre que o casal de cosmonautas são, eles também, chimpanzés.

O único momento do filme que não consta no livro pode ser justamente a cena mais memorável da adaptação para o cinema: a revelação, ao final, da Estátua da Liberdade, semienterrada na areia.

No filme, essa cena tem a função de comunicar ao espectador o surpreendente fato de que o protagonista havia viajado no tempo, voltando à Terra em um futuro distante, quando, após a devastação do planeta por uma guerra nuclear, os macacos emergiram como a nova espécie dominante.

No livro de Boulle, os eventos não acontecem na Terra, mas em um planeta distante. (Aliás, o roteiro do remake de Tim Burton, lançado em 2001, é bem mais próximo da trama original do romance.)

"Essa é uma grande diferença. No filme clássico, há a sensação de que o homem foi responsável pelos fatos que levaram à destruição do planeta", diz Clement Pieyre, encarregado pela catalogação dos manuscritos de Boulle na Biblioteca Nacional da França. "Mas o livro é mais uma reflexão sobre como todas as civilizações estão fadadas à morte. Não se tratou de uma falha humana. O retorno à barbárie aconteceria de qualquer forma. Tudo perece", ele completa.

O trabalho de Boulle se divide de forma muito clara entre dois gêneros: as histórias de guerra e a ficção científica.

"Acredito que o link entre esses dois tipos de narrativa esteja no fato de que, em ambos, Boulle coloca seus heróis em situações de desconforto, a fim de ver como eles se comportam a partir disso. Ele os leva a seus extremos", diz Pieyre.

Boulle escreve em francês simples, e seus livros são de fácil leitura, com um forte fluxo narrativo (em geral, esse não é um ponto forte entre os autores franceses contemporâneos).

Ele era, por formação, um cientista. De acordo com Loriot, há uma "lógica sem remorsos em suas histórias. De fato, ele costumava escrever a página final de seus romances antes do restante do livro, trabalhando em seguida de forma reversa a fim de construir o caminho que levasse àquela conclusão".

Ainda segundo Loriot, Boulle teve uma "epifania" depois da guerra, dedicando o resto de sua vida à escrita. Ele voltou a Paris, onde viveu com suas amadas irmã e sobrinha. Loriot é viúvo da sobrinha de Boulle.

Quando Boulle faleceu, Loriot e a esposa herdaram um baú repleto de manuscritos do autor. Entre esses manuscritos estava um documento cuja existência foi revelada apenas em agosto de 2014: a versão original, em francês, de um roteiro escrito por Boulle para a sequência do filme de 1968.

Diante do grande sucesso do filme com Charlton Heston, a Twentieth Century Fox imediatamente encomendou uma sequência.

Boulle assumiu a tarefa (incorporando, ironicamente, o final com a Estátua da Liberdade do primeiro filme), mas seu roteiro se mostrou inútil.

"Em geral, admite-se que Boulle foi um escritor incrivelmente imaginativo, mas ele não era capaz de entender o cinema", diz Pieyre.

Hoje em dia, Boulle é um autor quase esquecido, até mesmo na França, sua terra natal. Durante sua vida, foi uma figura reclusa, evitando contato com o mundo literário. Ele nunca se casou.

"Acho que parte do problema é que os franceses não sabem como categorizá-lo. Algumas pessoas acreditam que ele é 'hollywoodiano demais', por causa dos dois filmes. Mas não. Ele tinha raízes profundas na França", diz Pieyre.

Loriot vem dedicando os últimos vinte anos de sua vida a perpetuar a memória do homem que amou. "Em seu leito de morte, suas últimas palavras, dadas a mim e a minha esposa, foram: 'Espero que não se esqueçam de mim'", termina Loriot.

O homem por trás de dois dos maiores sucessos da história do cinema – além de tantas outras obras – certamente merecia coisa melhor.

Posfácio

por Braulio Tavares

Ficção científica: França e EUA

Pierre Boulle, desde os primeiros capítulos de *O planeta dos macacos*, mistura verdades científicas básicas e improbabilidades físicas lógicas. Isso não deve ser atribuído à desinformação, mas à informalidade descontraída com que certos autores de verve mais literária tratam a verossimilhança científica. Ela é vista por eles apenas como um elemento a mais, não como um crivo fatal de qualidade.

Certos detalhes neste livro de Boulle ilustram aspectos em que a ficção científica (FC) norte-americana e a francesa têm algum ponto de divergência, mas também o quanto podem ser próximas. Os autores de FC dos EUA viviam, desde o começo do século 20 e o surgimento dos *pulp magazines*, num mundo em plena euforia industrial, tecnológica, de uma explosão de novidades rapidamente tornadas acessíveis à população, como a popularização do automóvel produzida por Henry Ford. E mais: um mundo em que era possível ainda ser um inventor de garagem, ou de fundo de quintal, em campos recentes e excitantes como eletricidade, motores a explosão etc. Essa breve época de ouro para os inventores de garagem foi lembrada depois, em comparação com o *boom* do Vale do Silício, aquela época em que dois ou três *nerds* se juntavam, inventavam uma coisa e tinham a chance de vendê-la poucos anos depois por alguns bilhões, indo gastá-los em paz onde bem lhes aprouvesse. O software de garagem é o equivalente às máquinas voadoras dos Wright ou às engenhocas dos assinantes de *Mecânica Popular.*

Em sua obra dedicada à história da FC, Lester del Rey fala dessas primeiras décadas do século 20 e diz que essa foi a era de ouro dos "hobbyistas", dos amadores fanáticos de todos os matizes:

> Nunca houve para eles um período como o que começou por volta de 1900. (E já não havia mais, depois de poucas décadas – o avanço da ciência e o custo dos equipamentos logo tornaram essa atividade inacessível tanto do lado financeiro quanto do intelectual.) Homens por toda a América (e todo o mundo tecnológico) estavam construindo novos modelos de carros a motor, de bicicletas motorizadas: alguns praticavam tais façanhas em suas pequenas garagens e acabavam donos de manufaturas. Outros estavam construindo umas geringonças estranhas que voavam, em certo sentido, pelo menos. No começo não havia sequer necessidade de uma licença para construir ou pilotar engenhocas aeronáuticas. Era preciso apenas dispor do motor mais leve possível,

> madeira para as estruturas, tecido para esticar sobre as asas. Afinal de contas, os irmãos Wright começaram por uma loja de bicicletas. Por que outros não poderiam fazer o mesmo? Uns poucos conseguiram, uns poucos morreram tentando, e uma quantidade imensamente maior estava sonhando com aquilo e absorvendo toda a literatura técnica que conseguisse encontrar.
>
> (...)
>
> Foi um período em que quase todo indivíduo tinha que ser seu próprio mecânico, a não ser que fosse rico o bastante para alugar um motorista com conhecimentos. Aquelas máquinas primitivas não eram dignas de confiança: uma visão comum ao longo de uma estrada era a de um carro parado com o capô aberto (dianteiro ou traseiro), e um homem de casaco manchado trabalhando como um louco ali dentro. Antes de muito tempo, uma porção de sujeitos começaram a perceber que eram bons engenheiros, e suas mentes começaram a se voltar para o estudo do afogamento, da faísca de ignição, da caixa de marchas, e mil outros detalhes mecânicos.
>
> (DEL REY, Lester. *The World of Science Fiction*. Nova York: Ballantine, 1979)

A geração de autores como Lester del Rey, Asimov, Frederik Pohl e outros era a geração dos filhos desses que ele descreve, os meninos criados entre mecânicos, eletricistas, etc. E, no entanto, todo esse clima em torno de atividades aparentemente tão anglo-saxônicas não é mais que um prolongamento da mentalidade meticulosa e aplicada do francês Jules Verne. Verne era um CDF de talento, de poderosa imaginação, criador de imagens memoráveis e inventor do *infodump*, aquele despejo de informações em que o autor faz questão de não desperdiçar nada do que trouxe de sua pesquisa. Verne, se fosse possível botar isso numa balança, tenderia mais para o engenheiro que para o poeta, mas o poeta que há nele derrota muitos que não são outra coisa além disso. E a fascinação tecnológica que havia nos EUA existia também, em outra medida e com outro espírito, na Paris daquele tempo. Foi lá que nosso herói nacional, Santos Dumont, descia de balão para tomar chá nos jardins e disputou com os Wright a precedência na invenção do avião.

Hobbyistas tecnológicos existem praticamente em todos os lugares. Mas, ao se escrever ficção científica, muitas vezes um rasgo de ousadia poética pode compensar, diante de um certo tipo de leitor, eventuais liberdades com as leis da física. Mesmo o leitor de convicções científicas mais arraigadas é capaz de aceitar espaçonaves que voam quase à velocidade da luz, desde que o livro tenha coisas substanciais de outra ordem para oferecer.

A FC nasceu, editorialmente, à sombra de revistas sobre eletricidade e mecânica. "Hugo Gernsback", diz Del Rey, "talvez não tenha sido exatamente o pai da ficção científica, (...) mas foi o pai das revistas de ficção científica e um dos grandes responsáveis por transformar isso em algo comercialmente viável". A FC norte-americana foi uma literatura que cresceu nesse ambiente de Professores Pardais nas horas vagas. A *pulp fiction*, na época das grandes revistas, era lida sob a vigilância dos leitores de formação técnica, por meio das seções de cartas. Os leitores, mesmo respeitosamente (e não era raro ser o contrário disso), apontavam as incoerências ou os absurdos científicos do conto X do autor Y.

Nos EUA, os autores de FC descendem dos *pulp magazines*, mas também de uma tradição literária que inclui Edgar Allan Poe, Nathaniel Hawthorne e Ambrose Bierce. Já os autores franceses talvez se sintam descendentes de Cyrano de Bergerac, Voltaire e Diderot, mas se são escritores de romances populares provavelmente trazem também em si algo dos folhetins tipo *Rocambole* ou *Os Pardaillans*. O ideal para esse tipo de literatura de revistas é quando um hobbyista com versatilidade técnica descobre que é também um bom contador de histórias.

Sem dever muito ao realismo

O planeta dos macacos de Pierre Boulle começa em pleno espaço, com a despreocupada improbabilidade, bem julioverniana, dessas espaçonaves caseiras, pessoais como um automóvel. Uma delas conduz um casal, a outra leva um mestre, um discípulo e um jornalista-narrador; situações que têm um pouco da ingenuidade dos *pulp magazines*, que estavam em alta durante os anos de formação de Boulle como leitor. O casal de namorados da narrativa-moldura vive num casulo amoroso cuja ambientação lembra a capacidade de sugestão visual de Arthur C. Clarke (com suas velas para receber o vento solar) e também se aproxima do nosso Berilo Neves (*Século XXI*, *A costela de Adão*) com suas crônicas futuristas para um público feminino e romântico.

Em pleno espaço sideral aparece boiando uma garrafa com um manuscrito! "Um manuscrito, evidentemente", como disse Umberto Eco em *O nome da rosa*. Toda história já foi contada; esta história foi posta em papel por alguém, e estamos apenas passando adiante. Pierre Boulle é um autor que virou contador de histórias na maturidade, e, apesar de francês, não está preocupado em fazer experimentos de metalinguagem com as estruturas narrativas. O modelo em uso lhe parece servir como veículo conveniente para chegar mais depressa aonde quer.

O fato de o título brasileiro, tanto para o livro quanto para o filme, sempre ter sido *O planeta dos macacos*, nos dá uma sensação de inevitabilidade, de que não poderia ser outro. Em inglês, no entanto, a primeira edição do romance de Boulle foi intitulada *Monkey planet*. As edições seguintes, depois do sucesso do filme sob o título *The planet of the apes*, mudaram, para acompanhar a franquia. No caso, me parece um ganho. *Monkey planet* sugere uma animação para a TV a cabo ou uma comédia juvenil. *Planet of the apes* tem mais peso, é mais FC, e coloca o título na prateleira dos filmes de planetas. E *ape*, gorila, reforça a ideia de que são parentes de King Kong, não de Monkeybone.

Pierre Boulle é também o autor do livro original (*Le pont sur la rivière Kwai*, 1952) que inspirou outro grande sucesso do cinema norte-americano: o filme *A ponte do rio Kwai*, dirigido por David Lean, ganhou o Oscar de melhor filme de 1957 e deixou uma das melhores canções assobiadas do cinema. A história é sobre um grupo de prisioneiros britânicos obrigados, pelos seus captores japoneses, a construir uma ponte para cruzar um rio estratégico. Boulle também ganhou o Oscar de melhor roteiro, embora depois tenha surgido a versão de que, como autor do livro, apenas serviu de testa de ferro para dois escritores que estavam na lista negra de Hollywood, Michael Wilson e Carl Foreman.

Quando começou a produção do filme, o primeiro roteirista contratado para adaptar o livro de Boulle foi Rod Serling, o criador de *Twilight zone* (*Além da imaginação*). Serling fez o primeiro tratamento do roteiro e é tido como o autor da ideia para o famoso final, com Charlton Heston na areia da praia. Quando Franklin Schaffner assumiu a direção do projeto, precisava de um roteiro menos futurista (e menos caro) do que o de Serling, e contratou Michael Wilson, certamente por seu vínculo anterior com a obra de Boulle. Wilson era um roteirista de esquerda, ganhador de um Oscar com *Um lugar ao sol*. Foi interrogado pelo famoso Comitê de Atividades Anti-Americanas e teve que ir trabalhar na França. Durante quase dez anos, escreveu roteiros de filmes de sucesso (*Lawrence da Arábia* entre eles), sem poder assinar seu nome.

É interessante repassar esses dados porque a contribuição de Rod Serling foi inestimável. O romance original tem um final surpresa, mas de natureza totalmente diversa. A revelação assombrosa que o astronauta tem na última cena do filme tem o mesmo senso intuitivo de melodrama e de reversão de expectativas que capítulos famosos de *Twilight zone*, como "Where is everybody?", "Time enough at last" etc. A TV feita por Serling estava para o cinema de Hollywood assim como um conto num *pulp magazine* estava para um romance em edição *hardcover*. Tinha mais agilidade, mais liberdade para imaginar esses pequenos lances melodramáticos que fisgavam o espectador; faziam isso toda semana. Um diretor de Hollywood fazia uma ou duas vezes por ano.

O macaco no espelho

Há um certo machismo juvenil no romance de Boulle, ao descrever os diálogos e as atitudes dos casais. O encontro do narrador com Nova, a selvagem, lembra o do Viajante do Tempo de H. G. Wells com a pequena selvagem do futuro, Weena, do povo dos Eloi. Os franceses acolheram sem problemas esse nódulo narrativo universal: o conquistador civilizado acha sempre uma "Pocahontas" no povo que está enfrentando. Toda conquista de uma civilização por outra precisa dessa rima dramatúrgica, dessa harmonia entre o histórico e o individual. Precisa mostrar que os machos invasores conquistaram a submissão das fêmeas invadidas – sem o que, imagina-se, nenhuma conquista vale a pena.

Não no caso do Viajante do Tempo, nem no de Ulysse Mérou, que nada têm de generais invasores, são apenas "hobbyistas" abelhudos querendo olhar como aquele mundo esquisito funciona. No filme, o papel de "Nova", a namoradinha que o astronauta arranja entre os primitivos locais, é de pouco mais que um animalzinho, apenas manifestando susto e medo, sem dar uma palavra. Já entre os macacos, a dra. Zira também tem que enfrentar o machismo implícito ou declarado de seus superiores acadêmicos. Tanto o romance quanto o filme têm um material interessante para se discutir o papel da mulher (e da macaca) nessa disputa de saber, de hierarquia e de precedência entre os homens e os macacos.

Ulysse, o narrador, fica atônito quando encontra pela primeira vez um gorila vestido, não pelo fato em si, mas pela naturalidade com que o gorila se portava: "ficou evidente para mim que ele não estava de forma alguma fantasiado". A naturalidade do gorila em seus trajes, que ele aliás percebe instantaneamente, fala de muitos séculos de cultura. É um pequeno susto cognitivo do narrador, que já estava perplexo pelo fato de os selvagens locais não apenas não sorrirem, mas reagirem mal a um sorriso. Esses dois momentos são, no livro, as duas primeiras faíscas dos jogos de confronto e de reversão sugeridos pelo tema. (Outros instantâneos igualmente sutis surgem ao longo do romance, como quando Ulysse, depois de fazer uma exposição usando o quadro-negro, bate as mãos uma na outra para limpar o pó de giz, gesto cuja naturalidade parece aos macacos mais indicadora de civilização – de civilização símia – do que seu discurso científico.)

No livro e no filme, os gorilas se fazem fotografar triunfalmente por um lambe-lambe, junto à caça abatida. É um dos momentos em que a reversão de condições se manifesta de forma mais bem-humorada. Quando rimos da frivolidade da cena, rimos metade dos macacos, metade de nós mesmos. A *Encyclopedia of Science Fiction*[*] considera o romance uma sátira à la Voltaire, e a obra procura de fato manter um tom satírico com certa seriedade, como faz Voltaire em seus contos de choque cultural como *Cândido* (1759) e *O Ingênuo* (1767). Um momento importante do livro é quando o narrador diz que em momento algum os macacos lhe pareceram ridículos, pelo contrário. Não ser ridículo implica manter-se testa a testa com o leitor, o humano do planeta Terra, que despreza o ridículo e só incorre dele por inadvertência ou por inclinação. Os macacos vestidos não são ridículos. Impõem respeito. No filme, é o verniz de ação e aventura que força esse respeito, junto com a pujança física e os disfarces convincentes.

---

* Disponível em: <www.sf-encyclopedia.com>.

O dom da fala

O dom da fala seria uma das primeiras coisas capazes de distinguir humanos e macacos, ou civilizados e selvagens. No livro, Boulle faz que o idioma falado pelos macacos seja uma língua desconhecida pelo astronauta Ulysse. No filme, os macacos falam inglês, e Taylor (Charlton Heston) os compreende, mas, como ele levou um tiro no pescoço durante a captura, fica impossibilitado de falar até uma certa altura (de maneira muito pouco convincente, aliás). Essa impossibilidade momentânea prepara sua primeira fala de impacto: "*Take your stinking paws off me, you damned dirty ape!*" ("Tire suas patas fedorentas de cima de mim, seu maldito gorila sujo!"). A sobrevivência da língua inglesa entre os macacos é uma primeira pista poderosa de que estão de volta à Terra, mas são muito escassas as chances de que dois mil anos de intervalo tivessem preservado o idioma do modo como era falado no século 20. No livro, entre os capítulos 1 e 2 da Parte II, o astronauta dá um jeito de, auxiliado por uma conveniente "passagem de tempo", ensinar à macaca Zira o francês suficiente para que daí em diante os dois estejam mantendo longos papos filosóficos, e logo em seguida ele adquire um domínio equivalente do idioma dos macacos.

É no capítulo 5 da segunda parte que Ulysse se estende em comentários sobre o que viu da sociedade dos macacos, passando a descrever seus usos e costumes e a psicologia específica de chimpanzés, de gorilas e de orangotangos. Nesse momento, a história vira mais que nunca um conto moral, projetando num universo caricatural mas coerente um padrão típico da nossa realidade. Uns são pomposos, outros são hábeis, outros são agressivos... A sociedade símia é um reflexo da nossa, do inconsciente coletivo do autor e dos leitores. São macacos, mas conhecemos todas aquelas situações, conhecemos todas aquelas certezas absolutas. É do nosso mundo que se trata.

O capítulo 9 dessa parte, o discurso de Ulysse diante da assembleia científica dos macacos, reproduz curiosamente um certo ufanismo humano e terrestre presente em tantas obras de FC:

> Nesse ponto, tentei fornecer mil exemplos das nossas mais belas realizações. Descrevi nossas cidades, nossas indústrias, nossos meios de comunicação, nossos governos, nossas leis, nossas distrações. Em seguida, dirigi-me mais especificamente aos cientistas e tentei dar-lhes uma ideia de nossas conquistas nos nobres domínios das ciências e das artes. Minha voz firmava-se à medida que eu falava, como um nababo fazendo o inventário de suas riquezas.

No filme, Taylor é o único que teria (depois de curado do ferimento na garganta) condições para dialogar com os macacos: o astronauta negro, Dodge (Jeff Burton), é morto e empalhado; o outro, Landon (Robert Gunner), é aprisionado e sofre uma lobotomia. No livro, um dos companheiros de Mérou é morto logo na primeira caçada, e o cientista chefe da expedição, o professor Antelle, é feito prisioneiro e regride aceleradamente ao estado animal. A Parte II se conclui com a cena em que Ulysse se aproxima da jaula, tentando falar com ele em francês, mas o professor não o reconhece e reage apenas soltando "um longo uivo".

O tema da fala reaparece logo a seguir, quando as escavações arqueológicas do dr. Cornelius revelam a existência de uma boneca humana, completamente vestida, e que fala. *Pa-pa*: a palavra, comenta Ulysse, é a mesma, tanto no francês quanto na linguagem símia, "talvez igualmente em muitas outras línguas deste cosmo misterioso, e tem a mesma significação".

E Pierre Boulle não deixa de ao mesmo tempo louvar a literatura como o que "caracteriza uma civilização", e satirizá-la de modo que nem sequer os gêneros populares como a ficção científica escapam:

O que caracteriza uma civilização? Será o gênio excepcional? Não; é a vida rotineira... Hum! Sejamos justos com o espírito. Concedamos que é acima de tudo a arte, e, em primeiro lugar, a literatura. Acha-se esta realmente fora do alcance de nossos grandes macacos superiores, se admitirmos que eles sejam capazes de combinar palavras? De que é feita nossa literatura? De obras-primas? A resposta é, mais uma vez, não. Mas quando um livro original é escrito – não aparece um há mais de um ou dois séculos –, os homens de letras o imitam, isto é, o copiam de maneira que são publicadas centenas de milhares de obras tratando exatamente dos mesmos temas, com títulos um pouco diferentes e combinações de frases modificadas. Isso os macacos, essencialmente imitadores, devem ser capazes de realizar, com a condição, não obstante, de que utilizem a linguagem.

No capítulo 4, Ulysse vê um espetáculo grotesco, o da Bolsa de Valores, protagonizado por uma multidão enlouquecida de macacos; diz ele que se sentia constrangido ao considerar que eram criaturas humanas que estavam se deixando bestializar daquela forma. Ele se ressente de qualquer barbarismo no comportamento desses macacos tão "humanos" no bom sentido.

Ulysse fica dividido entre a fêmea humana por quem sente desejo sexual, mas que despreza intelectualmente, e a macaca inteligente, compassiva, guerreira, que ele começa a admirar cada vez mais. Numa ida ao laboratório de biologia, tendo como guia o gorila Helius, Ulysse vê o reverso do que teria visto num laboratório terrestre: humanos (ao invés de macacos) sofrendo lobotomia, extirpações, desativação de áreas cerebrais. E surge uma mulher cuja mente, artificialmente estimulada, entra num estado quase mediúnico e reproduz trechos de falas de pessoas perdidas no tempo, e essas falas ajudam a reconstituir os acontecimentos que conduziram até aquele ponto. Histórias ambientadas num período de pós-holocausto acabam revelando, cedo ou tarde, documentos antigos, gravações, testemunhos da civilização que passou e do cataclismo que apressou seu fim. Boulle recorre a uma espécie de "falação automática" em que a mulher parece estar captando relatos de época, parece repetir textualmente coisas que ouviu no rádio ou dos lábios de seus contemporâneos. É uma cena arrepiante, ao concentrar esses cacos de memória humana na mente de uma pessoa que fala sem compreender o que diz. Na entrevista incluída na presente edição, Pierre Boulle parece lamentar que seu final surpresa tenha sido substituído no filme pelo de Rod Serling, que acabou se tornando um dos mais famosos do cinema. Ambos, no entanto, produzem o mesmo efeito, o choque tardio de reconhecimento de que "somos todos um só mundo".

Boulle se queixa também de que o livro não é um dos seus melhores, e que teria trabalhado um pouco mais nele se tivesse tido tempo: "Eu não alcancei o que eu queria quando iniciei a escrevê-lo. Há longas partes do romance com as quais eu não estava completamente satisfeito". Sabe-se que o produtor Arthur Jacobs comprou os direitos do romance para o cinema, antes mesmo de sua publicação. Isso pode ter dado menos tempo a Boulle para retrabalhar seu texto, o que faz com que algumas cenas sejam mais esquemáticas do que outras, aqueles longos trechos descritivos que num segundo tratamento o autor consegue dramatizar sem perda da informação passada para o leitor.

Finalmente, um comentário feito por Boulle sobre *A ponte do rio Kwai* nos faz refletir sobre o poder da literatura e do cinema na composição de nossas memórias da história. Diz ele que todo o episódio da ponte é inventado, mas, por existir de fato um rio Kwai e ele ser cortado por pontes, sempre há alguém dizendo que "a ponte do filme" é esta ou aquela. Boulle diz: "Quando o livro foi publicado, todo mundo dizia que a história era inacreditável e, após o filme, todo mundo passou a achar que aquilo realmente aconteceu". Em nossa memória coletiva, a explosão da ponte sobre o rio Kwai é um fato histórico ocorrido na guerra.

Algo como a lenda dos "anjos de Mons", anjos-arqueiros que ajudaram os ingleses a ganhar uma batalha da Primeira Guerra Mundial, num conto de Arthur Machen que depois transformou-se em lenda urbana, com dezenas de testemunhas afirmando terem visto os guerreiros sobrenaturais. O comentário de Pierre Boulle pode servir para inúmeras outras obras de FC, que no ato da publicação foram tidas como exageradas ou fantasiosas, e pouco tempo depois empalideceram diante de fatos reais muito mais extraordinários. Grande parte do que pensamos sobre a história nos vem da literatura, mas nossa tendência é aceitar as histórias que nos parecem fazer mais sentido.

TIPOLOGIA: Mercury Text 10,5x16 [texto]
Clearface 24x28,8 [entretítulos]
PAPEL: Pólen Soft 80 g/m² [miolo]
Cartão Supremo 250 g/m² [capa]
IMPRESSÃO: Rettec Artes Gráficas e Editora Ltda. [setembro de 2020]
1ª EDIÇÃO: março de 2015 [2 reimpressões]
2ª EDIÇÃO: novembro de 2019 [1 reimpressão]